从心所欲不逾矩

许渊冲

2021年4月 (100岁)

许渊冲汉译经典全集

莎士比亚

Love's Labour's Lost

有情无情

许渊冲 许明 译

商务印书馆
The Commercial Press

图书在版编目（CIP）数据

有情无情 /（英）威廉·莎士比亚著；许渊冲，许明译. —北京：商务印书馆，2021（2021.7 重印）
（许渊冲汉译经典全集）
ISBN 978-7-100-19404-4

Ⅰ.①有… Ⅱ.①威…②许…③许… Ⅲ.①喜剧—剧本—英国—中世纪 Ⅳ.① I561.33

中国版本图书馆 CIP 数据核字（2021）第 022289 号

权利保留，侵权必究。

许渊冲汉译经典全集
有情无情
〔英〕威廉·莎士比亚 著
许渊冲 许明 译

商 务 印 书 馆 出 版
（北京王府井大街36号 邮政编码100710）
商 务 印 书 馆 发 行
南京爱德印刷有限公司印刷
ISBN 978 - 7 - 100 - 19404 - 4

2021年3月第1版	开本 765×965 1/32
2021年7月第2次印刷	印张 4⅛

定价：62.00 元

目 录

第一幕 …………………………………… 1

第二幕 …………………………………… 24

第三幕 …………………………………… 37

第四幕 …………………………………… 46

第五幕 …………………………………… 80

译后记 …………………………………… 129

剧中人物

费迪南 纳瓦尔国王

贝朗 王宫侍臣

朗格维 同上

杜曼 同上

亚玛多 西班牙弄臣

莫思 亚玛多侍童

柯斯达 丑角

雅克琳 挤奶姑娘

达尔 警官

纳山涅 郊区神甫

贺罗方 学究

法兰西公主

罗瑟琳 公主侍女

玛丽娅 同上

凯瑟琳 同上

波越 公主侍臣

玛卡德 法国信使

管林人

男女侍臣等。

第 一 幕

第一场

纳瓦尔国王御花园

（纳瓦尔国王费迪南，贝朗、杜曼、朗格维上。）

国　王　世人一生追求名声，但是无情的死神不肯施恩，那就让我们把一生化为金玉良言，刻在我们的墓碑上吧。虽然时间会无情地把我们的生命狼吞虎咽，但是名声可以死里逃生，使我们成为永恒的继承人。因此，英勇的胜利者——因为你们敢于向情感和欲望的大军做艰苦的斗争，是名副其实的赢家，——纳瓦尔会成为名实双赢的奇迹，我们的宫廷就是个小小的学院，在思考生活的艺术。而你们三个人，贝朗、杜曼、朗格维，你们已经宣誓和我共同生活，按计划进行学习研究，那现在就请你们签名吧。如果违反规定，就会毁了自己的荣誉。所以请你们签字，并且付之实行吧。

朗格维　我已经决定了。这不过是减少三年的口腹享受而已，身体虽然受苦，心灵却会得到好处。大吃大喝可以使身体发胖，却会使心灵空虚。

杜　曼　敬爱的主公，杜曼对花天酒地的生活已经厌倦，他把狂醉滥饮全都留给酒色之徒，把爱恋之情、荣华富贵也都让给世俗之人。我朝思暮想、终生难忘的，就只是内心的生活。

贝　朗　看来我只能重复他们的花言巧语了，敬爱的主子，我也发过誓，要在这里度过三年学习生活，但是这些清规戒律，如三年内不亲女色，我希望不包括在禁令之内。还有一个星期要有一天不沾酒肉，其他日子也只能一天一餐，我希望不要列在限制之内。再说每夜只许睡三个小时，整个白天不许闭目养神——而我过去认为整夜闭眼不难，甚至还要把半个白天当黑夜过呢。——所以我希望不要限制在这些做不到的空话上。怎么可能不看女人,整天学习,不吃不睡呢?

国　王　你的誓言说了,你要放弃这些。

贝　朗　对不起,主公,那我要说我并不放弃,我只是发誓陪同主公学习,三年之内不离开宫廷而已。

朗格维　你发了誓要学习,贝朗,也要远离酒色。

贝　朗　你说的既对又不对,因为我发誓是开玩笑。请问学习的目的是什么?

国　王　就是学到我们还不知道的东西。

贝　朗　您的意思是说:要学习超乎一般人的见识。

国　王　那就可以得到上天的眷顾。

贝　朗　说得好。我发誓要得到上天的恩赐,要知道在禁止花天酒地的时候,什么地方可以大吃大喝;在绝代佳人难得一见的时候,我要看到天姿国色;在发了难以遵守的誓言之后,要违背誓言的形式而遵守誓言的内容。如果学习能够达到这个我们还不知道的目的,那我就发誓:不达目的,誓不罢休。

国　王　这恰恰偏离了学习的正路,走上了寻欢作乐的歪门邪道。

贝　朗　那好,既然寻欢作乐都是一片空虚,那何必费尽心机,废寝忘食,空谈妄议,自寻苦恼呢?为了寻找光明的真理,而真理的光辉却照得你睁不开眼睛,那不是光明反被光明误吗?因此,在黑暗中发现光明以前,你的眼睛什么也看不见,反而变成一片黑暗了。所以你应该让你的两眼看到一双更加美丽的眼睛。这双眼睛会使你看到灿烂的光辉,取代使你盲目的黑暗,犹如白日取代黑夜一样。这双眼睛并不要你低声下气,引经据典,请求恩赐,只要你下功夫,就可得到,何乐而不为呢?何必要请天文学家去给满天星斗命名?他们取的空名并不会比一个普通夜行人取的名字使星辰更加光辉灿烂。何必把虚名看得重于实物?天下哪个父母不会替子女取个名字呢?

国　王　他读得多,说得出读书的好处和缺点。

杜　曼　说下去吧,要说得别人无话可说才行。

朗格维　他拔野草，越拔越多。

贝　朗　春天到了，大地返青，但即使是傻瓜也分得清青菜和青草。

杜　曼　分得清又怎样？

贝　朗　要分得清时间和地方。

杜　曼　但是说不出理由。

贝　朗　情理本来就不同。

国　王　贝朗的利嘴像毒雾，会弥漫青春，令人不能呼吸。

贝　朗　好，就算我是吧。如果鸟儿没有什么可以歌唱的，那夏天又有什么可以引以为荣的呢？为什么要为流产的新生儿预支欢乐？为什么要在圣诞节的寒夜看到盛开的玫瑰，又要在百花齐放的五月看到白雪，却不喜欢春花秋月呢？为什么要事后才有先见之明？那不是先要翻墙越壁，再要打开大门吗？

国　王　好，那你就退出宫廷，回家去吧，贝朗，再见了！

贝　朗　不，我的好主子，我发了誓要和你待在一起，虽然我说话粗鲁，不像你们那样说得天花乱坠，但我自信发了誓就要做到，忍受这三年中每一天的痛苦煎熬。把誓约拿来，让我读一下，再在最苛刻的规约上签名吧。

（拿起誓约。）

国　王　你要这样认真改头换面，才可以免得丢人现眼。

贝　朗　"第一条，不许女人走近宫廷一里之内。"这条宣布了吗？

朗格维　四天以前就宣布了。

贝　朗　我们看看如何处罚："违者割舌！"这是谁出的鬼主意？

朗格维　老天在上，就是在下。

贝　朗　好老兄，这是为什么呢？

朗格维　这样严厉的处罚就会吓得女人不敢来了。

贝　朗　这么危险的规定未免不太文明吧。"第二条，如果三年之内，有人公然和女人交谈，那就要受到当众处罚。"这一条，主公，恐怕你自己就做不到，因为你知道，法国公主就要来和你进行谈判了，而这位公主是有高贵气派的女士啊——她是来谈判把亚吉坦的土地归还给她父王的,父王年老体衰,卧病在床,不能亲自来了。因此,这第二条也只是空口说白话,说了做不到的,要不然,这位人人赞美的公主岂不是白跑一趟了?

国　王　诸位看,这该怎么办好?我倒真的是忘记了。

贝　朗　我们研究一件事往往想过了头,只想到主观的愿望,却忘记了客观的需要。就像用火攻城一样,虽然攻下了城,却只能占领一片火海了。

国　王　那我们就不得不改变规定了。为了客观的需要,只好改变主观的决定。

贝　朗　客观上一定要办的事,会使我们不得不放弃主观的要求,发了誓也不算数,三年之内,恐怕三千次不算数也不算太多。每个人生来都有自己的愿望,这是天意,不是人力可以改变的。如果我要违背誓言,我可以用天意来做借口,或者说这是客观的需要。但是从主客观两方面考虑,我还是在誓约上签名了。(签字。)签了字又违背誓约,那是双重的可耻。因此我和别人一样,虽然我不太愿意签字，但是一签了名，我就会坚持到底，最后也不会改变了。不过，签了字就没有娱乐了吗？

国　王　有的，有的，你不知道我们宫廷里来了一个西班牙的高级游客，他知道世界上的奇装异服，头脑里有用之不尽、取之不竭的新奇辞令，令人心醉神迷的西班牙音乐，还有明辨是非的判断力。这个奇思幻想的产儿名叫亚玛多，在我们学习的闲暇时，可以听他高谈阔论，赞美多少被西班牙烈日晒黑的骑士在战斗中立下的丰功伟绩。我不知道你们听他讲会不会兴高采烈，眉飞色舞，但是我敢说：即使他是虚言妄语，也可以消愁解闷，令人心旷神怡啊！

贝　朗　亚玛多是个大名鼎鼎的人物，他是个有火热的语言和独特风格的骑士。

朗格维　还有那个土里土气的老乡柯斯达和他正是天生的一对。有他们做伴，读三年书时间也不算长了。

（柯斯达同乡警官达尔拿信笺上。）

达　尔　请问哪一位是公爵大人？

贝　朗　就是这一位。老兄有什么事？

达　尔　我是代表……代表他来的，我是他阁下的代理人，我要见公爵本人的肉身。

贝　朗　这一位就是公爵。

达　尔　亚玛……亚玛多阁下……要我告诉你，外面要出乱子，这封信会说清楚的。

柯斯达　这封信说的事和我有关系。

国　王　是了不起的亚玛多来的信吗？

贝　朗　不管内容多么低级，希望老天能够高声说出来。

朗格维　希望太高，老天太低。耐心要压扁了。

贝　朗　听还是不听？

朗格维　听一点，笑一声，或者不听也不笑。

贝　朗　那好，老兄，看信的内容能让我们的快活爬得多高吧。

柯斯达　内容是关于我和雅克琳的。形式在我看来和内容有关，我们装模作样的奇形怪状给人抓到了辫子。

贝　朗　什么奇形怪状？

柯斯达　就是这样，老兄，三合一的奇形怪状。有人看见我跟着她走进了庄园，同坐在长凳上。合起来说，就是一男一女和一条长凳三合一了。就是这个奇形怪状。

贝　朗　后来呢？

柯斯达　后来就要看怎样处罚我了。

国　王　你们有没有兴趣听我念这封信呀？

贝　朗　就像听天神的指示一样？

柯斯达　头脑简单的人就是这样听从肉体的呼声。

国　王　（读信。）"伟大天宫的代言人，纳瓦尔大地独一无二的统治者，我的血肉之躯的保护人——"

柯斯达　还没有一个字提到柯斯达呢。

国　王　（读信。）"就是如此——"

柯斯达　可能如此，如果说就是如此，说老实话，他也不过就是如此而已。

国　王　不要多嘴。

柯斯达　我不敢多说了，不敢动手动脚的人怎敢动嘴？

国　王　不要说了。

柯斯达　我也请你不要谈别人的私事了。

国　王　信上就是这样说的:"我受到了黑色忧郁症的压抑,非常需要恢复健康的新鲜空气。作为一个高级人物,我就采取了出外散步的方式。什么时间呢?大约六点钟,那时牛羊出来吃草,鸟雀出来寻食,人们也坐下来吃丰盛的晚餐,这是说时间。至于散步的地方,那就是你的王宫花园。在花园的哪个角落?我的意思是问:在哪里发生了那件下流的、不正经的事情,使我用雪白的鹅毛笔写出了漆黑文字的这封信呢?就是你正在看、正在读、正在浏览的这封信。至于哪个角落,就是花园西边一个东北而又靠北的角落里。我看到了这个下流的乡巴佬演出的那副洋相。——"

柯斯达　这是说我?

国　王　(读信。)"这个一字不识的小人物——"

柯斯达　是我?

国　王　(读信。)"这个肤浅的奴才——"

柯斯达　还是说我?

国　王　(读信。)"如果我没记错,那就是柯斯达。——"

柯斯达　啊,那就是我!

国　王　(读信。)"他拉拉扯扯,公然违反你名正言顺宣布的法规条令,和一个不三不四的——"

柯斯达　女人。

国　王　(读信。)"和我们的老祖母夏娃的后代,亲密的说法是女人,我受到神圣职责的指引,不得不把他送上,让他接受应得的处分。我并且派了亲爱的主公得力的助手,那就是安东尼·达尔警官,一个名声很好、外表严厉、备受尊敬的人物。"

达　尔　那就是我,来接受指示的安东尼·达尔。

国　王　(读信。)"至于雅克琳——就是我刚提到的那个受到玩弄的弱者,我要她等候你亲密的指示下达,以便随时要她趋奉受审。全心全意、随时待命的堂·亚德里亚诺·德·亚玛多。"

贝　朗　这不合乎我的期望,但是还算最好的一封信了。

国　王　对,最坏中挑出来的最好。你以为如何?

柯斯达　我说是有这么一个女人。

国　王　你听到了通告吗？

柯斯达　我听到过，但是不太在乎。

国　王　你不知道和女人在一起要坐一年监牢吗？

柯斯达　我没有和女人待在一起，没有结婚的姑娘不能算是女人呀。

国　王　通告中的女人包括姑娘在内。

柯斯达　你的姑娘是上过床的，我的姑娘还没有上过床呢。

国　王　不管上过床没上过床，都是姑娘。

柯斯达　丫头总不包括在内吧？

国　王　你说她是丫头也没有用。

柯斯达　这个丫头对我可有用呐。

国　王　伙计，我现在宣判了：一个星期之内，你只许吃糠，喝点鱼汤。

柯斯达　我可以喝一个月的鱼汤，那不是鱼水之欢了吗？

国　王　堂·亚玛多负责执行处分，贝朗爵士负责监督。诸位大臣，我们要看到法令如何执行。

（国王、朗格维及杜曼下。）

贝　朗　我愿拿脑袋和你们哪个好家伙的帽子打赌：这些赌咒发誓，这些清规戒律，简直一文不值。

柯斯达　我是在为办好事吃苦头了，老兄，我和雅克琳的好事给抓住了把柄，但雅克琳是真心实意的。所以欢迎这幸福的苦杯吧，结果总是苦尽甘来的。痛苦啊，不要得意太早了，你还是坐到一边去吧！（同下。）

第 一 幕

第二场

同前

（亚玛多及侍童莫思上。）

亚玛多　小鬼，你说，一个大人物不高兴会怎么样？

莫　思　主子，那最大的特点是：他看起来不快活。

亚玛多　好小子，不高兴和不快活不是一回事吗？

莫　思　不是，不是，啊，老爷，不是。

亚玛多　你怎么分得清不高兴和不快活呢？小傻瓜。

莫　思　随便举个例就行了，老笨伯。

亚玛多　你怎么敢叫我老笨伯？为什么是笨伯？

莫　思　那你为什么叫我小傻瓜、傻小鬼呢？

亚玛多　我叫你小傻瓜，那是对年轻人亲热的称呼，你不是年轻人吗？

莫　思　那我叫你老笨伯也是个合适的称呼，你不是个老伯伯吗？

亚玛多　你真会说一指二，说三道四。

莫　思　老伯，你这是什么意思？说我是一呢，还是我说的是二？说我是三呢，还是我说的是四？

亚玛多　说你是一二三四，因为你年纪小。

莫　思　说我年纪小，怎么能对答如流？

亚玛多　因为你滑头滑脑。

莫　思　你这是说我好吗，主子？

亚玛多　你还真配得上这个夸奖。

莫　思　你还不如这样夸奖鳝鱼呢！

亚玛多　怎么鳝鱼会滑头滑脑？

莫　思　鳝鱼不是溜得快吗？

亚玛多　我只说你对答得快，你急得我要发火了。

莫　思　那我就要浇水了，主子。

亚玛多　我不喜欢顶嘴的人。

莫　思　（旁白）他说反了，是顶嘴的人不喜欢他。

亚玛多　我已经答应了和公爵在一起学三年。

莫　思　主子，你可以一个钟头就学完三年。

亚玛多　这怎么可能？

莫　思　说三遍"一"要多少时间？

亚玛多　我不会算，算账是商人的事。

莫　思　主子，你是个上流人，又是个下流的赌徒。

亚玛多　我承认我是个双料货，那就成一个完人了。

莫　思　你肯定知道掷骰子几点最大。

亚玛多　一点最大，两点最小。

莫　思　那三点不也是比一点小吗？

亚玛多　说得不错。

莫　思　既然三点比一点小，那三年也就比一年短，甚至比一个钟头还短，那你不就可以在一个钟头之内学完三年了吗？

亚玛多　你倒真会算计。

莫　思　（旁白）哪里比得上你呢！

亚玛多　现在我承认我在恋爱了。对一个战士来说，恋爱是下流事，所以我爱上了一个下流女人。如果拔剑决斗能够解决争风的问题，我倒愿意把欲望关进监牢，然后又向法国的情人鞠躬如也，再把欲望赎了出来。我不屑于唉声叹气。我认为在爱情问题上，爱神对我也要甘拜下风。你看如何,小鬼?每个伟大的人物都是恋爱的能手啊。

莫　思　赫鸠力士就是一个,主子。

亚玛多　最可爱的赫鸠力士,但是他背得起爱情的重担吗?好孩子,说几个能肩负重任、名声显赫、身价又高的人物来吧。

莫　思　那参孙怎么样?他的身价既高,名声又大,连城墙的大门都背得动,但是却给爱情压倒了。

亚玛多　啊,好一个身强力壮的参孙!我背城门背不过他,但是决斗比剑,他可比不过我。我现在恋爱了。参孙爱的是谁?小鬼,你知道吗?

莫　思　一个女人,我的主子。

亚玛多　她的内心外表如何?

莫　思　血肉肝胆,四门齐全,或者四中有三,或者有二,至少有一。

亚玛多　说她的外貌看起来像什么?

莫　思　像海上的碧波,主子。

亚玛多　那是四中之一吗?

莫　思　在我看来，主子，那是天下绝色。

亚玛多　碧波仙子的确是个绝代美人，但是我看参孙爱的不是绝色，而是绝代才人。

莫　思　她的确是满脸春风，绝代才子。

亚玛多　我的爱情也是五彩斑斓、白里透红的。

莫　思　见不得人的思想，主子，也要戴上五彩斑斓的面具。

亚玛多　说明白点，说明白点。

莫　思　我父亲的才能、母亲的舌头，都帮了我的忙。

亚玛多　这小鬼还会花样翻新，真看不出。

莫　思　　　只要她的脸色又白又红，

　　　　　　你就不会发现她有错误。

　　　　　　错误会露出惭愧的面孔，

　　　　　　惭愧又会为害怕打掩护。

　　　　　　如果她害怕会受到责骂，

　　　　　　她的脸色不会让你知道。

　　　　　　脸色不变表示她不害怕，

　　　　　　白里透红表示她本性好。

　　　　这首小诗，主子，要使你反对白里透红了。

亚玛多　你知道不知道，小鬼，有一支歌唱的是一个国王爱上了一个女乞丐?

莫　思　大约三百年前,世界犯了一个错误,唱了这样一支曲子。到了现在,恐怕哪里也找不到了。即使找到,也没有人会写下来,更不会唱出口了。

亚玛多　我倒想把这支旧歌新唱,并且要为我的歪门邪道在强有力的前人身上找到先例。小鬼,我的确爱上了那个乡下姑娘,就是我在王家花园里抓到的那个颇有几分见识的乡巴佬柯斯达纠缠不休的那一个。她倒值得我下功夫。

莫　思　(旁白)该抽一百鞭子,她配不上我的主子。

亚玛多　唱吧,小鬼,我爱情的劲头又上来了。

莫　思　这真是个奇迹:爱上了一个下等女人。

亚玛多　我说,唱吧!

莫　思　等那一伙人走了再唱。

　　　　(丑角柯斯达、警官达尔、乡下姑娘雅克琳上。)

达　尔　老兄,公爵的意思是要你牢牢看住柯斯达,你一定不许他寻欢作乐,一个礼拜要饿三天。至于这个姑娘,我要把她关在园里挤牛奶。我走了。(下。)

亚玛多　我一脸红就要泄露天机了。——姑娘。

雅克琳　大哥。

亚玛多　我可以到你住的地方去看你吗?

雅克琳　就在那边。

亚玛多　我知道在哪里。

雅克琳　天啊,你真灵。

亚玛多　我还可以讲得活灵活现。

雅克琳　当真?

亚玛多　我爱你哟。

雅克琳　我听见了。

亚玛多　那就再见吧。

雅克琳　一路顺风!

达　尔　来,雅克琳,走吧。

(达尔、雅克琳下。)

亚玛多　坏蛋,你犯了法,罚你坐牢,不准吃荤喝酒。

柯斯达　好,老兄,希望等我吃饱喝够之后再坐牢,好吗?

亚玛多　你要受到重罚。

柯斯达　你对我像对部下一样,从来也不重赏。

亚玛多 （对莫思）把他带走，关起来！

莫　思 来吧，你这个犯法的人，走吧！

柯斯达 我不坐牢，牢里不能大吃大喝，管不管都一样。

莫　思 要我少管，你就少吃。坐牢去吧！

柯斯达 我看到过快活的苦日子，你也会看到的。

莫　思 看到什么？

柯斯达 什么也看不到，莫思老兄，看到什么就是什么。坐牢不能说话。我说了等于没说。谢天谢地，我忍不住，所以什么也没有说。（同莫思下。）

亚玛多 我爱她的脚，也爱她的脚穿过的鞋子，甚至她的鞋子踩过的土地。但我不能对天地发誓，否则，誓言就和土地一样低得不值钱了。爱情是魔鬼，是天使的敌人，但是力大无穷的参孙也受过爱情的引诱，聪明绝顶的苏罗门也上过爱情的当。爱神练习射击时用的箭连赫鸠力士也挡不住，我这西班牙人的剑更不在话下了，决斗的规则都用不上。爱情只怕你太年轻，它的光荣是要征服大丈夫。再见吧，勇气；生锈吧，宝剑；战鼓啊，不要敲了；因为战士落入了情网，对，他恋爱了。一见钟情的诗神，帮帮忙吧，我要变成十四行诗了。想吧，心灵；写吧，生花的妙笔；我要写出整本的诗来！（下。）

第 二 幕

第一场

纳瓦尔王宫花园

（法兰西公主上，女侍罗瑟琳、玛丽娅、凯瑟琳三人及大臣波越等随上。）

波越　公主，现在是你显示高贵神态的良机了。你要想到你的父王为什么要选派你做使节，来见的是什么人物，要完成的是什么使命。你是天下人敬爱的公主，对方是一位继承了人类高尚品德的王公，独一无二的纳瓦尔国君。人类完美的品德，没有一样是他欠缺的。而你提出来的要求是亚吉坦这块宝地，可以说作为女王的嫁妆也是当之无愧的。你父王对你的溺爱也可以说是无微不至，简直可以和大自然的慷慨相提并论。世界上哪个国家不如饥似渴地希望得到这块宝地，你父王却毫不吝惜地赠给你了。

公　主　好一位能言善道的大臣，天生丽质虽然微不足道，溢美之词也不能增加它一分一毫。美是需要眼力来判断的。买卖人的一张利嘴尽管说得天花乱坠，也不会使人听了得意忘形，只不过觉得你伶牙俐齿，能够颠倒黑白而已。现在话说回来，我们该谈谈正经的任务了。无所不知的波越大臣，你当然听说过关于纳瓦尔王公的传闻。据说他订了严格的规矩，为了发奋治学，三年之内，他庄严肃穆的王宫不能接近女色。因此，在我们步入禁苑之前，需要了解他的真实意图。为了达到这个目的，我们百里挑一，只好借重你这位能言善道的大臣了。请你去告诉这位王公：法兰西国王的公主有重要的任务需要及时完成，希望他能拨冗会见，尽快解决问题，以便远道而来求见的微臣可以回国复命是幸。

波　越　你的委任令人自豪,在下不敢违命。

公　主　只有乐于接受任务,使命才能顺利完成。阁下一定可以得心应手。

（波越下。）

诸位贤臣,你们知道谁和好学的纳瓦尔公爵一同废寝忘食、禁欲治学的吗?

一侍臣　朗格维是一个。

公　主　你们了解他吗?

玛丽娅　我知道他。在佩里戈勋爵和雅克·华孔布美丽的继承人于诺曼底举行的婚礼上,我见过这一位朗格维。他一表人才,文武双全,无所不能。如果说有什么缺点的话,那就是他说话太尖刻,不肯饶人,语言锋利,叫人吃不消。

公　主　听起来他是一个喜欢开玩笑的人物,对不对?

玛丽娅　知道他脾气的人都这样说。

公　主　这种短命的小聪明还没有成大器就泄气了。还有什么人呢?

凯瑟琳　年轻的杜曼是个老成的少年,如果你看重一个人的德行,你就不会不喜欢他。他了解为非作歹的坏人心理，但是他却没有做坏事的念头。他有本领把坏事变成好事，即使无才，他也可能以德取胜。我在亚能恭公爵府见过他一次，对他的了解并不深，但就我所知的点滴，也可以看出他不同寻常的地方。

罗瑟琳　如果我的见闻不算错，那和他们在一起的还有一位学友贝朗。他真是一个快活人，说起话来，谈笑风生，旁若无人。时间如飞流逝，但他眼明心快，无论眼睛看到什么，心灵就会使它化为乐趣的源泉，舌头又会使他的话朗朗上口。他使用的语言又非常动听，老年人听了也不会思想开小差，年轻人听了他口若悬河、滔滔不绝的言辞，更会手舞足蹈，忘乎所以了。

公　主　上帝保佑我的好伴侣，怎么她们全纷纷堕入情网了，每个人都挖空心思，来夸耀自己的意中人。

玛丽娅　波越回来了。

（波越上。）

公　主　你能言善辩，受到了怎么样的接待？

波　越　纳瓦尔国君已经知道公主驾临,在我觐见之前,他和盟誓治学的好友已经准备欢迎。但是天呀!就我所知,他们打算把公主安排在宫廷之外,仿佛是害怕我们来围攻他们的城堡,而不是在毫不违背他们誓言的条件下,接待我们进入他们空荡的宫廷似的。看,纳瓦尔国君来了。

(纳瓦尔国王,朗格维、杜曼、贝朗及侍从上。)

国　王　美丽的公主,欢迎来到纳瓦尔宫廷。

公　主　"美丽"二字,我要原璧奉还,至于"欢迎",我还没有受到。你的宫廷上有青天,下有大地原野,但是青天太高,不能归你王家私有;原野又太辽阔荒凉,不能让我下榻。

国　王　我们理应欢迎公主进入宫廷。

公　主　非常高兴接受邀请,那就请领路吧。

国　王　对不起,请听我说,亲爱的公主,我发了一个誓——

公　主　发誓没有得到圣母恩准是不算数的。

国　王　美丽的公主,如果我不愿意,世界上没有什

　　　　么事能改变我的誓言。

公　主　怎么？只要你自己愿意，不就可以改变了吗？

国　王　公主不知道我发的什么誓。

公　主　如果主公不知道自己发了什么誓，那只是一时糊涂，说明主公还有自知之明；如果明知故犯，那就是错上加错，罪加一等了。听说主公发誓不理家务，那发誓就等于犯了大罪，而违反誓言不过是小事一桩而已。对不起，我突然胆大妄为，忘乎所以，居然不知天高地厚，教训起堂堂大师来了，敬请原谅。还请了解我这次造访的目的，并请尽早答复，那就感激不尽了。

（送上文件。）

国　王　公主，我会尽快回答的。

公　主　你当然愿意早早回答，要我早早离开，我待的时间越长，你违反誓言的错误就越大了。

贝　朗　我和你是不是在布拉邦跳过舞？

罗瑟琳　你和我是不是在布拉邦跳过舞？

贝　朗　我知道我们跳过。

罗瑟琳　既然知道，何必多问？

贝　朗　你又何必答比问快？

罗瑟琳　是你问得太急。

贝　朗　你聪明得像火，烧得太快，会烧伤自己的。

罗瑟琳　马跑得快，却会摔下骑士。

贝　朗　现在是什么时间了？

罗瑟琳　只有傻瓜才问时间。

贝　朗　美人脱下假面具吧？

罗瑟琳　脱下面具，美人就不美了。

贝　朗　那会吓走情人。

罗瑟琳　但也轮不到你。

贝　朗　我早溜了。（走开。）

国　王　（对公主）公主，你的父王通知：已付我国战债十万金币，这是贵国欠我父王战债的半数，但是这笔款项我方并未收到。其余欠款十万金币，贵国以亚吉坦部分领土作为抵押交与我国。虽然领土不值十万金币，但你父王愿意提供尚未交付的半数，我国也就放弃对亚吉坦的权利，并与你父王保持友好邦交。但是现在看来，你父王并无此意，反而要我国偿还十万金币，赎回在亚吉坦居住的

　　　　权利。这点我方认为离题太远，我国宁愿要回先王贷出的十万金币，不要亚吉坦这块荒凉土地。亲爱的公主，如果你父王的要求不是远离理智允许的范围，美丽的公主大驾光临，使我心荡神怡，一定会使公主满载而归的。

公　主　你对我父王的态度太不公平，未免有损贵国名声。怎能否认我国如数交付的款项呢？

国　王　我从来没有听说过这笔款项。如果你能提出证据，我一定如数归还，或者放弃亚吉坦的领土。

公　主　我们会照办的。波越，你去把这笔款项的收据拿来，上面有先王查理办事人员的签署。

波　越　这包专门文件今天还没送到，明天当再呈上。

国　王　只要有文件证明，一切合理的要求都会得到满意的答复。现在，在无损于我盟誓的情况下，我对公主的光临表示热烈的欢迎。美丽的公主，欢迎虽然不在王国宫廷之内，但你可以相信，却占据了国君深深的内心。再会吧，明日我会来访。

公　主　敬祝健康如意，心想事成！

国　王　但愿公主康健，事事如愿！

（国王及侍从下。）

贝　朗　（对罗瑟琳）姑娘，我要向你敞开内心。

罗瑟琳　请向你的内心问候，说我如能进入，那将非常开心。

贝　朗　我怕你会听见我的内心正在呻吟。

罗瑟琳　你的痴心是不是病了？

贝　朗　病在内心深处。

罗瑟琳　那就放血吧。

贝　朗　放血能治心病吗？

罗瑟琳　医生说是能够。

贝　朗　那你就用眼睛刺破我的心吧！

罗瑟琳　眼睛没有刺，还是用刀吧。

贝　朗　请上帝饶命吧。

罗瑟琳　可以免你长寿。

贝　朗　我不能留下来感恩了。（下。）

（杜曼上。）

杜　曼　（对波越）请问先生知道不知道那位姑娘的

芳名？

波　越　亚朗松家的凯瑟琳。

杜　曼　正是名如其人。先生，再见。（下。）

（朗格维上。）

朗格维　请问你是不是知道那位白衣女郎？

波　越　从天黑到天亮，她就换了模样。

朗格维　不管天黑天明，我要知道她的芳名。

波　越　名字怎么能给人？你怎么这样愚蠢？

朗格维　请问她是谁的女儿？

波　越　她母亲的女儿，说一不能是二。

朗格维　老天保佑，母亲不会长胡子吧？

波　越　老兄不要生气，她是福康家的。

朗格维　现在我的气也消了。你看她多苗条。（下。）

波　越　老兄也许不错，那是再好不过。

（贝朗上。）

贝　朗　戴帽子的女郎叫什么名字？

波　越　罗瑟琳就是她的芳名。

贝　朗　她有没有结婚？

波　越　何必要你多问！

贝　朗　问问又有何妨？老兄，再见。（下。）

波　越　和我再见，就是和她见面。

玛丽娅　最后来的又是贝朗，他最会装疯卖傻，没有一句正经话。

波　越　一个玩笑只是戏弄傻瓜。

公　主　你能和他舌战，你来我往，也有一手。

波　越　我没占他上风，他却不甘下游。

玛丽娅　你们是争夺草场的两头牛羊。

波　越　我还不愿下台，他就争着上场。我们争的不是青草，而是红的嘴唇。

玛丽娅　你们是羊，我是牧场。玩笑开够了吗？

波　越　你的卧床就是我的牧场。（要吻玛丽娅。）

玛丽娅　我的红唇不是青草，不能见人就是情郎。

波　越　你要喂谁青草？

玛丽娅　那要看谁命好。

公　主　不要在这里耍嘴皮子，卖弄聪明了。显本领不要对内，而要对外，要面向纳瓦尔国王和那些书呆子，要对付他们的歪才。

波　越　在我看来——我的心眼很少看错——纳瓦尔国王落网了。

公　主　落什么网？

波　越　男女老少都会说是情网。

公　主　那怎见得？

波　越　你只要看看他隐隐约约的表现，他眼神中流露出求爱的欲望，他内心像刻了字的玛瑙一样刻着你的倩影，并且因此而得意扬扬，自觉超人一等；他的舌头看也不看就抢着说话，却又吞吞吐吐，结结巴巴，欲速反而不达。五官争先恐后要来填空补缺，结果目瞪口呆，眼花缭乱，都锁在眼睛里了，就像珠宝等待识货的王公贵人一样。他满脸都是惊叹号，令人看得莫名其妙，其实，他的意思是说：我可以把亚吉坦的一切都给你，只要你给我一吻就行了。

公　主　到我营帐里来！波越又在胡言乱语了。

波　越　我说的都是他眼睛里想说的话，我不过是他眼睛的嘴巴加上一个舌头而已，从来不说谎道假的。

罗瑟琳　你是一个情场老手，情话总不离口。

玛丽娅　他是爱神的外公，咬住了决不放松。

凯瑟琳　维纳斯是他母亲，他父亲是丑妖精。

波　越　你们听见没有,傻丫头?

玛丽娅　我们没有耳朵,也没有口。

波　越　那你们看见了什么?

凯瑟琳　只看见我们的出路。

波　越　那你们怎么这样糊涂!

　　　　(众下。)

第三幕

第一场
纳瓦尔王宫花园

（吹牛大王亚玛多及歌童莫思上。）

亚玛多　唱吧，小鬼，让我的耳朵听得热情洋溢吧。

莫　思　康疴一线天。

亚玛多　城乡一线连。去吧，年轻的城里人，拿上钥匙，赶快去把那个乡巴佬带来，我要他去送信给我的情人。

莫　思　主子，你要用一支打情骂俏的法国歌去打动你情人的心吗？

亚玛多　你这是什么意思？用法国话去打情骂俏？

莫　思　不是，我的好主子，从舌尖上甩出一支歌来，用脚打拍子跳舞，眨眨眼睛作暗示，叹

　　　　　一口气唱一句，有时用喉咙唱，仿佛要把爱情吞下去；有时用鼻子哼，仿佛要吸进肚皮；有时帽檐遮眼，两臂交叉，像在炸烤的兔子；或者双手插在口袋里，像一个画中人。但是一支调子不要唱太久，要会临机应变。这样你就会得到好评，合人口味。没有这套，女人不会上当；有了这套——请大家注意——男人就可以出人头地。

亚玛多　你的经验是怎么买来的？

莫　思　是不花一分钱观察得来的。

亚玛多　是么？是么？——

莫　思　木马骑过就忘记。

亚玛多　你说我的爱情是木马？

莫　思　不是，主子，木马只是孩子的玩具，你的情人却是众人的玩物。你忘了你的情人吗？

亚玛多　几乎忘了。

莫　思　懒学生，你要像背书一样把她记在心上。

亚玛多　记在心上，还要挤进心里，小鬼。

莫　思　还要挤出心外。心上，心里，心外，这三部曲我都可以证明。

亚玛多　你能证明什么?

莫　思　你要记在心上,因为你觉得她高人一等,所以在你的心之上;但是你又爱她,所以要把她挤进心里;但是你又得不到她,所以只好把她挤出心外。

亚玛多　这样说来,我是三者齐全了。

莫　思　再加三倍,也是一无所得。

亚玛多　去给我把那个乡巴佬带来,我要他去给我送信。

莫　思　阴差阳错,马替驴子送信。

亚玛多　哼,你说什么?

莫　思　真的,主子,你一定要驴子骑马去,因为它的行动实在太慢。我可走了。

亚玛多　你的路很近呀。快去吧!

莫　思　我会走得比铅块还快,主子。

亚玛多　你是什么意思,精灵的小鬼?铅块可是又重又慢呀。

莫　思　说哪里话来,不说老实话的主子?不,老而不实的主子!

亚玛多　我说铅块并不快呀。

莫　思　主子，你这话说得太快了。大炮轰出来的铅弹能说不快吗？

亚玛多　你的大炮放的是烟幕弹。你说我是大炮，那你就是炮弹，我要拿你去射那个乡巴佬。

莫　思　你要开炮，我就开跑。（下。）

亚玛多　好小子，能说会道，愁眉苦脸都会被你吓跑。话还没完，人就回来了。

（侍童莫思同丑角柯斯达上。）

莫　思　怪事，主子，这个乡巴佬柯斯达的头碰了壁，却摔断了腿。

亚玛多　这倒是个谜了，乡巴佬，你说说看。

柯斯达　不是什么谜，不是什么谜，不用说明，也不用药包里的药方。老兄啊，老兄，不用治病的药方，只要救命的草药。

亚玛多　老天开眼。你糊里糊涂，我可要笑破肚皮了。啊，对不起，我天上的星斗，不要把草药当药方，也不要在药方里开草药，两样不好搭配。

莫　思　聪明人以为他糊涂，药方里不可以开草药？

亚玛多　不，小鬼，那是聪明人前言不对后语，其实

　　　　内容并不一定矛盾。我来举一支歌为例：

　　　　　狐狸、猴子和蜜蜂，

　　　　　它们三个不成双。

　　　　　笨鹅开门一鞠躬，

　　　　　成了两对好商量。

莫　思　唱得不错。后面来了笨鹅。还要什么？

柯斯达　小鬼做了公平买卖，老兄，你的小钱办了大事，买了一只肥鹅。这买卖值得做，非常轻快。等我看看，内容丰富——对，是一只肥鹅。

亚玛多　算了，算了。怎么吵起来了？

莫　思　柯斯达可是摔断了腿，要你帮忙。

柯斯达　不错，我要草药，你却送来了肥鹅。

亚玛多　告诉我，你怎么摔断了腿？

莫　思　我可以告诉你那是什么感觉。

柯斯达　你怎么感觉得到，莫思？还是我自己来说吧。我跑出去，内心感觉安全，门内也很安全。一跨门槛，就摔一跤，摔断了腿。

亚玛多　这件事不谈了。

柯斯达　那要我的腿没事才行。

亚玛多　柯斯达老兄,我要放了你。

柯斯达　放我去法兰西?到那里去嫖妓?

亚玛多　我用甜蜜的灵魂起誓:我要给你自由,恢复你的人权,使你不再被关、被押、被绑、被俘。

柯斯达　好说,好说。现在,你先要洗清我的罪名,把我放了。

亚玛多　我给你自由,不让你受苦,只要你把这封有情有义的信送去给雅克琳姑娘。(给信。)这是给你的赏钱,表示我对下人是赏罚分明的。(给钱。)莫思,跟我来! (下。)

莫　思　我就像是他的尾巴。柯斯达老兄,再见。(下。)

柯斯达　我的心肝宝贝,现在,我要看看他的赏钱——钱上有拉丁文:三分。这就是一天的赏钱,听起来比法国光头金币还多,我可不能拿拉丁钱做买卖。

(贝朗上。)

贝　朗　好一个柯斯达,很高兴见到你。

柯斯达　请问老兄多少酬报可以买一根丝带?

贝　朗　什么酬报？

柯斯达　天哪，还不到一分钱。

贝　朗　那一根丝带要卖三分钱。

柯斯达　谢谢，老天保佑你。

贝　朗　不要走，乡巴佬，我还用得着你，如果你想得到好处，老乡，那就拜托你替我做一件好事。

柯斯达　你要我什么时候做好？

贝　朗　哦，今天下午。

柯斯达　行，我会做好，老兄，再见。

贝　朗　嘿，你还不知道我要你做什么事呢。

柯斯达　等我做完了，老兄，我就知道了。

贝　朗　那么，坏蛋，你还是先知道更好。

柯斯达　我明天一早会来看你，老哥。

贝　朗　但事情是要今天下午办好。听，乡巴佬，事情不过就是：公主明天要到这里来打猎，跟她同来的有一个高级姑娘，大家都和声细气地称她为罗瑟琳。请你把这加印的密封信交给她纤纤的玉手。这是给你的赏钱。去吧！

柯斯达　赏钱,啊!多少赏钱?比上回多了十一便士。多开心的赏钱。老哥,我会帮你把信送到的。(下。)

贝　朗　啊,我当真恋爱了。我曾经鞭打过唉声叹气的恋人,我像个守夜人监视着偷情的男男女女,没有人像我这样目空一切,现在却落到这个地步,在这个心比天高、身如幼童、居高临下、自命不凡的爱神脚下叫苦连天。其实,世上的人哪个有他这样丰富多彩呢?这个唉声叹气、悲叹哀鸣、两眼全瞎、不走正路的小王子,不高不大的小巨人,堂·丘比得!他是诗国的统帅,正在俯视人间游手好闲、不务正业、穿着开衩的男女短裤、聚众闹事的浪子呢。——我可怜的心!要我在这落后的队伍里做个排头兵吗?

怎么?要我恋爱?找个老婆?找个像永远修不好的闹钟一样的闹婆?我能希望她起死回生吗?不行!发了誓怎能不算数?何况在三个女人当中,我爱的是最差的一个。她脸色苍白,浓眉黑毛,射出两个传情达意的媚眼，用眼波勾引你做好事。百眼怪是她的保镖太监，要我为她唉声叹气，看她的眼色行事，求她施舍恩爱？去她的吧！真是见鬼！无所不能的爱神也钻不了我的空子。但是他施展令人生畏的无边法力。得了，我有什么办法呢？只好去谈情说爱，写诗造词，低三下四，穷追苦求，无病呻吟了。

　　总得有人爱我的丑姑娘，

　　没办法只好自己做情郎！

（下。）

第四幕

第一场

纳瓦尔王宫外园地

（公主及管林人携弓上,女侍罗瑟琳、玛丽娅、凯瑟琳及侍臣波越等随上。）

公　主　那个快马加鞭、向险峻山峰飞驰的是国王吗？

波　越　不知道，我想恐怕不是。

公　主　不管是谁，都看得出他心如天高。得了，只要文件今天送到，星期六我们就可以回法国去了。管林的朋友，我们可以在什么地方猎取野味呀？

管林人　就在那里，在那个小树林边上，站在那里，你可以猎取你看到的野物。

公　　主　那可要谢谢我好看的眼睛了，只要眼睛看到什么，就可以射到什么。

管林人　对不起，公主，我不是那个意思。

公　　主　怎么？你先说我眼睛好看，立刻就说话不算数，使我的得意变成了失意，难道我不好看吗？唉，真倒霉！

管林人　不，公主，你真好看。

公　　主　不，不要给我涂脂抹粉，吹捧不能粉饰太平。你是一面好镜子，能够照出真相。这是给你的赏钱，说得少，赏得多，这才是超公平的买卖。

管林人　你得天独厚，老天哪点也没有亏待你。

公　　主　看看：好话也能挽救美貌，

这个时代不怕歪门邪道，

只要你给，坏的也会变好。

得了，拿弓箭来，杀生也是慈悲，

只要你射得准，哪有什么是非？

百发百中却是对野物犯罪。

不管怎样，我都能赢得好名声；

没有射中，那是我不忍心，

　　　　射中了,那是我要显本领。
　　　　杀生能使我赢得好名声,
　　　　不肯伤天害理反而是残忍。
　　　　要赢得赞扬怎能不杀生?
　　　　罪恶不受惩罚,反而成了荣光,
　　　　为了博得名声,不妨没有良心,
　　　　射死一头小鹿,并不是我狠毒。
波　越　丈夫怕老婆,女人听了笑呵呵。
公　主　值得称赞,我们要赞美每一个笑呵呵的女人。
　　　　(丑角柯斯达带信上。)
波　越　来了一个笑呵呵的男人。
柯斯达　大家好!请问哪一位是你们的头头?
公　主　老乡,你看看谁是有头无尾的,就知道谁是头头了。
柯斯达　有头有尾,就是又高又大。
公　主　比女人高,比男人小。
柯斯达　又高又小,那就是你了。头头,如果你的腰身苗条,像我的头脑一样消瘦,那你侍女的一根腰带都可以绑住我的头脑。既然你是头头,你就不怕消瘦了。

公　主　你来想要什么，老乡？你要什么？

柯斯达　我带来了一封贝朗先生给罗瑟琳小姐的信。

公　主　啊，你的信呢，你的信呢？——（对罗瑟琳）他是我的好朋友。——站开吧，好老乡，（接信后把信交给波越。）波越，你会拆信，拆开看看。

波　越　遵命。信送错了。不是给这里的人，是给雅克琳的。

公　主　那不要紧，还是拆开封蜡看看信吧。大家都可以听听。

波　越　（读信。）"老天在上，你真美丽，没有问题，你很漂亮，说老实话，你最可爱。你比美人更美，比丽人更漂亮，比老实人更可爱。可怜可怜向你乞讨施舍的英雄吧！天下闻名的英雄国王看上了一无所有的女奴，他满可以像罗马大将凯撒一样说：'我来了，看到了，胜利了。'这话可以解释一下，改成：——啊，低级得不堪入耳！——那就是说，他来了，这是一；他一见倾心了，这是二；他拜倒在脚下了，这是三。谁来了？国王。为什么来?为了看一看美人。看什么美人?一个女奴。结果就是大获全胜。谁胜利了?国王。立刻身价千金。谁身价提高了?女奴。灾难的结局是婚礼。谁结婚了?国王。不,双方合二为一,或者一分为二。我就是这个国王,你就是这个女奴,你卑贱的地位可以作证。我可以命令你爱我吗?可以。我可以勉强你吗?可以。我可以乞求你的爱吗?我愿意。你的破衣可以换成什么?王袍。名字可以换成头衔,你可以换成我。我等待你的回答,吻你的脚,看你的丽影,我的心进入你的心。我是你衷心诚意的堂·亚德里亚诺·德·亚玛多。"

  羔羊啊,你听见赫鸠力士的雄狮
  向你怒吼,把你当作他的猎物。
  如果你不想在他的铁爪下送死,
  他会大发慈悲,把你带回魔窟。
  如果你敢反抗,那又会怎么样?
  他会把你吃掉,让你不能大哭。

公 主 写这封信的是什么鹅毛笔?是什么风信鸡?

|||是墙头草，风吹两边倒？你们听到过这种妙文吗？
波　越|我上过当，受过骗，忘不了骗子的模样。
公　主|如果忘了，你的记性就太坏了，刚刚还碰到了呢。
波　越|这个亚玛多是个宫廷养着的西班牙弄臣，是个胡说八道、张冠李戴，在他的国君和学友面前说三道四、逢场作戏、耍嘴皮子的家伙。
公　主|（对柯斯达）老乡，你说，谁把这封信给你的？
柯斯达|我说过了，头头。
公　主|信要交给什么人？
柯斯达|一个男人交给一个女人。
公　主|哪个男人交给哪个女人？
柯斯达|我的好主子，贝朗先生要我交给一个叫罗瑟琳的法国女人。
公　主|信送错了。——走吧，诸位，我们走吧！——（对罗瑟琳）好人儿，收起信来，不必等明天了。

（众下。波越、罗瑟琳、玛丽娅、柯斯达留台上。）

波　越　谁写信来求爱？

罗瑟琳　还用得着说吗？

波　越　美人会满足我的。

罗瑟琳　带弓的人不一定会射箭。

波　越　我的美人会射鹿。如果你结了婚，就要准备头上长角，还要准备上吊。如果角长在别人头上，你还得准备吊死。

罗瑟琳　那好，我会射箭。

波　越　那谁是你的鹿呢？

罗瑟琳　如果要我看角选鹿，选不上你。你好好戴上角吧。

玛丽娅　你和她辩吧，波越，她会射中你头上的眉毛。

波　越　我会射她腰下的浓毛。我射中了没有？

罗瑟琳　要我告诉你八世纪法国老王关于射不中的一句老话吗？

波　越　我也可以礼尚往来，奉送你一句英国女王的老话。

罗瑟琳　你射不中，你射不中，你射不中，我的好男子汉。

波　越　我射不中,我射不中,我射不中,但是别的男人射得穿。

（罗瑟琳和凯瑟琳下①。）

柯斯达　说实话,真好玩,他们两个斗嘴真好玩。

玛丽娅　绝妙的好箭法!他们两个都射中了红心。

波　越　正中红心,正中红心,箭射中了靶上的红心,也射中了腰下的红心。

玛丽娅　偏离了靶上的红心。说真的,你的手出了偏差。

柯斯达　的确,他应该射得更近红心,否则就进不了宫门。

波　越　如果我不高明,你可显显本领。

柯斯达　只要我一攻进门口,她可就吃不消。

玛丽娅　得了,得了,你们嘴巴涂油,说话都是下流。

柯斯达　她的宫门紧闭,你攻不进,只好欺软怕硬。

波　越　只怕软硬两手都不能攻坚,那就只好再见。

---

① 编者注:从上文看凯瑟琳早已下去了,不应此时才下。但原文如此。

　　　　　软磨硬攻,两手才能全面。

　　　　(波越和玛丽娅下。)

柯斯达　真要命,他说话又粗又细,

　　　　天呀,女人怎能把他打翻在地!

　　　　说老实话,甜言蜜语,胡说八道,

　　　　不管多么粗暴,脱口而出就好。

　　　　亚玛多油嘴滑舌站一边,

　　　　看他奔前走后,把女人捧上天。

　　　　看他如何吻手,如何发誓赌咒!

　　　　还有他身边那个伶俐的小鬼,

　　　　把死的说成活的,全靠一张嘴。

　　　　打猎吧,打猎吧!

　　　　(幕内喊声。)

　　　　(柯斯达跑下。)

第 四 幕

第二场

同前

（达尔、学究气的贺罗方、纳山涅上。）

纳山涅　多么高级的玩意儿，说老实话，而且通情达理。

贺罗方　这头鹿，你知道，鲜血淋漓，像烂熟的红苹果液汁外流，像挂在青天耳边的珠宝，又像蒸得烂熟的螃蟹落在污泥浊水的黄土地上。

纳山涅　不错，贺罗方老师，你用的形容词真是丰富多彩，听来像个博学多才的老师傅。不过，老师傅，我敢大胆说一句：公主打死的只是一只五岁的小鹿。

贺罗方　纳山涅老兄，我不信，那只是一只两岁的小鹿。

达　尔　不对，那是刚长角的小鹿。

……①

（雅克琳及丑角柯斯达上。）

雅克琳　老天保佑你早上好，暮死（牧师）先生。

纳山涅　你要牧师朝生暮死，怎能为你做什么事呢？

柯斯达　酒囊饭桶碰破了头，虽然自命不凡，到头来还不就是一抔黄土？珍馐美食，珠光宝气，结果也只能供母猪饱餐一顿。

雅克琳　好神甫先生，请给我读读这封信好吗？（把信给贺罗方。）这是亚玛多要柯斯达交给我的，请你给我念念好吗？

贺罗方　"浮士德，牛群在树荫下吃草……我可以告诉你，这是马土安的旧诗，就像威尼斯的游客会唱

　　　'威尼斯呀威尼斯，

　　　没有去过你不知'

一样，不懂得，你怎能作评论？多，来，

---

① 译注：此处约50行省略未译。

索，拉，密，发，西（音符1，2，5，6，3，4，7）"对不起，老兄，这内容说什么？或者像贺来斯所说的：天呀，这也能算诗吗？

纳山涅　唉，老兄，很有学问。

贺罗方　让我听一段，听一句，老兄，念吧！

纳山涅　"如果爱情要我发假誓，我怎敢发誓去爱？
要不是对美人发了誓，我怎肯善罢甘休？
虽然我对自己发了誓：对你要永远爱戴，
这种思想过去坚如橡树，现在却软如杨柳。
我一翻开书本，每一页都看到你的眼睛，
艺术就是要在你的眼中寻找无比的乐趣。
如果求知就是目的，了解你就会高兴。
舌头只要会赞美你，那就可以演出戏剧。
任何心灵如看到你，无动于衷有什么用？
欣赏你的一举一动，在我看来都是喜悦。
你的眼睛发出天神的电光，声如雷轰
而不愤怒，射出甜蜜的火光都是音乐。
你是天仙，对不起，怎能用尘世的爱情，
来赞美、来歌颂九霄云外的天仙天神？"

贺罗方　（拿过信来。）你没有抓住重点，所以抑扬不分，等我来对这首小诗润色加工，只要改动一下高低长短，至于高雅的格调、灵活的语气、诗歌的金规玉律、如奥维德·拉索的诗人风格，那就不在话下。其实，不用说拉索，只要想象芬芳艳丽的鲜花，就可以有创造的动力。模仿不算什么，猎犬会跟随猎夫，猴子会学人，骏马会听从骑士。不过，姑娘，这封信是给你的吗？

雅克琳　是的，先生，一个外国女王的大臣贝朗先生给我的。

贺罗方　我来看看："收信人的姓名：美人罗瑟琳玉手亲启。"还要从信里找出寄信人的大名："乐于为美人服务的贝朗。"

纳山涅　贺罗方老师，贝朗是发誓和国王伴读的学人，去写信给一个外国公主的侍女，不料这封信却转弯抹角落到了你手里。好人儿，快去把信交给国王，也许是会引起大家关心的小事。不要耽搁说客套话了！我不会怪你不礼貌的。再见。

雅克琳　柯斯达好人，和我一同去吧。两位先生，老

　　　　　天保佑你们!

柯斯达　有你一手,我的好姑娘。

　　　　（柯斯达同雅克琳下。）

纳山涅　老师,你敬天畏天,真是虔诚。有位神甫说过——

贺罗方　不要提什么神甫了。我怕粉上加白,锦上添花。不过话又要说回来,你觉得这两个人怎么样,纳山涅老兄?

纳山涅　你可是妙笔生花。

贺罗方　我今天应一位学生家长邀请,去他家里晚餐,如蒙赏光同餐共席,我就代为邀请了。席上我会证明那诗一无是处,既无诗趣,又无新意。请你务必同去一叙为荷。

纳山涅　多谢。《圣经》上说了:交游是人生一乐也。

贺罗方　当然,《圣经》不会说错。——(对达尔)我也请你同席共餐。他们喜欢猎味,我们也有我们的口味。

　　　　（同下。）

第 四 幕

第三场

同前

（贝朗手拿纸上。）

贝　朗　国王在找猎物，我却在找自己。他布下了罗网陷阱，我却自投罗网，落入污泥浊水。污泥浊水，字眼真不好听。得了，悲哀痛苦，将就一点吧。因为他们说这是傻话，那我就成了傻瓜，这反倒说明了我有小聪明。天呀，爱情真是疯狂，它会使羊冲动，也会使阳性冲动——我就成了一头羊，这在我身上证明得多么巧妙。我不想爱。如果我爱，那就把我吊死吧。说实话，我不要爱啊，但是她的眼睛——她的眼睛会发光。否则，我不会爱她。——对了，我爱她的两只眼睛，对了，为了她，世界上没有什么事我不愿做，除了说谎，但是谎却藏在我的血管里，我怎能不说呢？老天，我的确是真在爱。爱教会了我作诗押韵，教我忧郁苦闷。得了，爱已经教我写了一首十四行诗，小丑把诗拿走了，傻瓜把诗送去了，姑娘收到我的诗了，好一个小丑，更好的一个傻瓜，最好的一个姑娘！只要有了这三位，我还要世界干什么？现在又有人拿着纸来了，老天，让他高兴得呻吟吧！

（国王拿诗笺上。贝朗退后。）

国　王　唉！我——

贝　朗　（旁白）他也中箭了。天呀！射吧，温情脉脉的小爱神，你射飞鸟的箭已经射中了他的左心房，原来他也有口难言，秘而不宣啊。

国　王　（念手中诗笺。）"太阳即使把金光闪耀的蜜吻
　　　　　射在玫瑰含露欲放的花苞上，
　　　　　也不如你美目巧笑令人销魂，
　　　　　胜似银月抚摩着大海的胸膛。

>你的面容溶化在我的泪水中,
>
>每一小滴都留下了你的倩影。
>
>你的胜利就标志着我的苦痛,
>
>你的凯旋歌淹没了我的呻吟。
>
>只要看看我夺眶而出的泪珠,
>
>你就可以看到你胜利的果实。
>
>如果你肯把对自己的爱分出,
>
>我的分享会给你的爱情增色。
>
>不要让我的眼泪反映出痛苦,
>
>不要只爱你自己而让我痛哭!
>
>啊,最美的王后,啊,最美的公主!
>
>嘴巴舌头都说不完你的好处。"

她怎能知道我的痛苦?我只能把它留在诗里,让她读到我内心深处的秘密。落叶啊,为我保密吧!那是谁来了?(退后。)

(朗格维手拿诗笺上。)

怎么,朗格维也会念诗了?我倒不妨听听。

贝 朗 (旁白)看来他也像你一样糊涂,可能还要更傻一点。

朗格维 唉,我违背誓言了。

贝　朗　（旁白）怎么，他也和字纸糊成的人一同随波逐流了。

国　王　（旁白）但愿他也坠入了爱河。

贝　朗　（旁白）酒醉魂迷，总是同病相怜。

朗格维　难道我是第一个违背誓言的人吗？

贝　朗　（旁白）你放心吧，至少有两个害相思病的了。你就成了第三个闻着臭皮香、戴着三角帽、上了三角绞刑架的罪人了。

朗格维　我怕这些生硬的诗句缺少感人的力量。啊，甜蜜的玛丽娅，我爱情的王后，我还是脱下音韵节奏的镣铐，用无韵的散文来跳舞吧。

贝　朗　（旁白）音韵是爱神的裤带，裤带一掉，就原形毕露了。

朗格维　算了，顺其自然，押韵也行。

（念诗。）"你的眼睛说的就是天意，

高过全世界的纷纷议论。

并不是我要把誓约抛弃，

为你失约不会受到处分。

我放弃了女人，但是我要重申：

我得到了仙女，这是一步登天。

>　　誓约是人间事,而你是天上人,
>　　得到了你,世上苦事也会变甜。
>　　誓言是一口气,顷刻化为乌有,
>　　你是太阳,能使黑暗变成光明,
>　　即使我不守约,却也不受追究。
>　　我对人违约,只是为对你守信。
>　　别怪我说假话。世上哪有傻瓜
>　　为了说句真话,而愿失掉天下?"

贝　朗　(*旁白*)这是肝火上升,使凡人成了天神,黑天鹅成了仙女,简直是胡思乱想。上帝救救我们吧!我们走上什么歪门邪道了!

朗格维　找谁给我送这首诗呢?找哪个伙计?等一等。

(退后。)

(杜曼手拿诗笺上。)

贝　朗　(*旁白*)都缩进去了,都缩进去了,捉迷藏的老一套!我就成了在天上旁观的半仙,专心一志地旁观傻瓜的表演,再加点笑料吧。天哪,我如愿以偿了,杜曼也改头换面了!一盘菜里四只火鸡!

杜　曼　啊，天仙般的凯蒂！

贝　朗　（旁白）啊，冒犯神明的野鸡！

杜　曼　天呀，真是凡人眼中的奇迹！

贝　朗　（旁白）她躺下来不过是个凡夫肉体！

杜　曼　地呀，她琥珀色的头发会使琥珀也羞颜减色。

贝　朗　（旁白）你的有色眼睛把乌鸦也看成琥珀色的了。

杜　曼　她亭亭玉立，犹如杉树。

贝　朗　（旁白）她弯腰驼背，犹如山鼠。

杜　曼　她眼明心亮，如同白日。

贝　朗　（旁白）唉，白日已经依山尽了。

杜　曼　但愿我的希望能够实现。

朗格维　（旁白）希望我也能够如愿以偿。

国　王　（旁白）老天在上，但愿我也一样。

贝　朗　（旁白）阿门，我也一样，好话不怕多讲。

杜　曼　我真想忘了她，但是她成了我的心病，怎么也忘不了。

贝　朗　（旁白）成了你的心病，只要你一放血，她不就出来了？她不过是误入春宫。

杜　曼　还是再念一遍我给她的情诗吧。

贝　朗　（旁白）那我就要再听一遍聪明人发糊涂了。

杜　曼　（念诗）"有一天。唉，五月天，

　　　　　爱情和花比新鲜。

　　　　　风中鲜花真美丽，

　　　　　正和绿叶玩游戏。

　　　　　春风穿过绿叶中，

　　　　　顷刻无影又无踪。

　　　　　情人得了相思病，

　　　　　愿和春风同天命：

　　　　　春风吹拂美人面，

　　　　　我愿随风到尊前。

　　　　　可惜我手已发誓：

　　　　　看见鲜花不摘枝。

　　　　　年轻何必管誓言，

　　　　　采花摘果只要甜。

　　　　　我已对你发过誓，

　　　　　其他誓言不管事。

　　　　　天帝为你发誓言，

　　　　　要把天后抛一边。

　　　　　帝位他都愿放弃，

　　　　　叫我怎能不爱你！"
　　　　我要把诗送去，还要说个清楚，
　　　　表明真心实意会带来的痛苦。
　　　　但愿我的主公、贝朗和朗格维
　　　　都是情人，那就谁也不能怨谁。
　　　　这就可以抹杀我头上的罪名，
　　　　大家都堕情网，谁还能说得清？

朗格维　（上前）杜曼，你的爱情不是大发慈悲，
　　　　　希望别人和你一样不分是非。
　　　　　你的脸色苍白，我会满脸通红，
　　　　　如果别人知道我恋爱的苦痛。

国　王　（上前）你和他正一样，为什么不脸红？
　　　　　对别人严，对自己宽，错误更重。
　　　　　朗格维，难道你真不爱玛丽娅？
　　　　　难道你没有送一首情诗给她？
　　　　　难道你没有用双手压住胸膛，
　　　　　以免爱情突然涌出你的心房？
　　　　　我一直秘密地藏在小树丛中，
　　　　　看你们、听你们如何心中情动。
　　　　　我听见你们自惭形秽的诗句，

　　　　看见你们感情洋溢,长叹短吁,
　　　　一个唉声叹气,一个呼天表心,
　　　　一个赞美金发,说她眼如水晶,
　　　　你们为了乐园,可以背信弃义,
　　　　还要天神也和你们站在一起。
　　　　如果贝朗知道你们随意践踏
　　　　过去真心诚意发誓时说的话,
　　　　他会瞧你们不起,用他的才智,
　　　　得意扬扬,跳起脚来把你羞死。
　　　　即使你把天下的财富作报酬,
　　　　我也不愿吃他做出的这一手!
贝　朗　(上前)现在,我要揭露你们装模作样。
　　　　啊,我的好主子,请你务必见谅。
　　　　天理良心啊,难道你们不心痛,
　　　　来责备这堕入情网的可怜虫!
　　　　你的眼睛难道没有流泪诉苦
　　　　要做马车送你去见你的公主?
　　　　你们难道没有赌咒,甚至发誓
　　　　要做会唱小夜曲的小音乐师?
　　　　难道你们三个发誓人不害羞,

　　　　不知道我有你们的把柄在手?
　　　　你抓他的辫子,国王抓了你的,
　　　　你们三个辫子都落在我手里。
　　　　啊,我看到了多么可笑的闹剧:
　　　　有人痛苦叹息,有人呻吟唏嘘!
　　　　天呀,我耐心地看你们的苦痛,
　　　　看见主公居然成了一条小虫!
　　　　看见赫鸠力士抽得陀螺旋转,
　　　　聪明的苏罗门王跳舞真好看,
　　　　特洛亚老将和孩子们玩游戏,
　　　　希腊的厌世者对玩具会欢喜。
　　　　好杜曼,告诉我为什么你伤心?
　　　　好朗格维,什么事使你不高兴?
　　　　好主公,是不是要来一碗药汤?
国　王　你倒得意扬扬,我们却遭了殃。
　　　　你这样说,难道你有先见之明?
贝　朗　不是我有先见,是你们有祸心。
　　　　我是个老实人,你们却欺骗我,
　　　　我认为说话不算数是个罪过,
　　　　你们却说违背誓约不算什么。

>　　你们说了一套，做的又是一套，
>
>　　什么时候我写过诗讨女人好？
>
>　　你们有没有见过我自吹自擂？
>
>　　花一分钟去赞美女人的大腿，
>
>　　一手一脚，一张面孔，一只眼睛，
>
>　　一条眉毛，一个姿势，一个表情？

国　王　说轻一点！为什么这样急？一个老实人没做亏心事，说起话来，是用不着这样马不停蹄的。

贝　朗　我是要逃避爱情，好一个多情人，放过我吧。

（雅克琳手拿信，和丑角柯斯达同上。）

雅克琳　上帝祝福主公！

国　王　你来有什么事？

柯斯达　有关谋反的事。

国　王　这里还有人谋反？

柯斯达　不是要谋反，主公。

国　王　既不是谋反，又不是大事，你们就不必来了。

雅克琳　请主公听一听这封信说什么。我们的神甫先生怀疑信中有诈。

国　王　贝朗，你把信读一遍。——（把信交给贝朗。）

（对雅克琳）信是谁给你的？

雅克琳　柯斯达。

（贝朗拆开信看。）

国　王　是谁给你信的？

柯斯达　是堂·亚玛多，堂·亚玛多。

（贝朗撕信。）

国　王　怎么啦？你怎么啦？怎么把信撕了？

贝　朗　不算什么，主公，不算什么，不必担心。

朗格维　信使他着急了，那我们还是听听吧。

杜　曼　（捡起信纸碎片来看。）信是贝朗的笔迹，还有他的签名呢。

贝　朗　（对柯斯达）啊，你这个下流人，蠢东西，要我丢脸出丑了。主公，我错了，我错了，我承认，我承认。

国　王　怎么啦？

贝　朗　你们三个傻瓜，加上我就凑成了两对：他，他，还有你，主公，再加上我，我们都是偷情的扒手，都有该死的罪行。啊，丑事不必外扬，把这两个外人打发走了，我再来和你们实话实说吧。

杜　曼　现在我们总算单数成双了。

贝　朗　不错,我们四个成了两对。那就让这两个乡下乌龟走他们的吧!

国　王　(对柯斯达和雅克琳)那么,老乡,你们请便吧。

柯斯达　老实人走开,王八蛋上台!

(柯斯达同雅克琳下。)

贝　朗　甜蜜的情人,让我们互相拥抱!
　　　　做名副其实的情人有多么好!
　　　　海水有涨有落,青天有晴有阴,
　　　　我们怎能唯陈规陋矩之命是听?
　　　　年轻人生来如何,就应该如何,
　　　　不合情理的拘束都应该打破。

国　王　碎言滥语泄露了你的真心实意?

贝　朗　谁见过我天仙一般的罗瑟琳,
　　　　会看上印度土生土长的异性?
　　　　谁见了太阳神能不低下头来,
　　　　眼花缭乱,弯下腰身,顶礼膜拜?
　　　　谁能够不像一个忠实的奴仆
　　　　吻她伶俐的双脚踏过的尘土?

国　王　疯狂的热情霸占了你的胸膛,

　　　　使你不见她的主子才是月亮。

　　　　罗瑟琳不过是个伴月的小星,

　　　　哪能发出令人神迷目眩的光明?

贝　朗　难道我是有眼无珠,不是贝朗?

　　　　没有爱情,黑夜会比白天更长。

　　　　千挑万选的口鼻耳目

　　　　集中在她美丽的脸部,

　　　　像市场上的精品一样,

　　　　什么也不缺,富丽堂皇。

　　　　口舌能吐出美好的言辞,

　　　　她却一点也用不着粉饰。

　　　　市场上能够买到的宝贝,

　　　　怎能对她作恰当的赞美?

　　　　即使是年高百岁的老翁,

　　　　看她一眼也能返老还童。

　　　　美人能给老人新生,使拐杖变摇篮,

　　　　美人还是太阳,照得万物光辉灿烂。

国　王　天哪,我看你的情人简直黑得像乌木。

贝　朗　乌木能像我的情人吗?那乌木简直成了圣

树。像乌木的美人真是幸福。谁敢发誓？哪本书上说过黑人不美？难道美人的眼珠不黑吗？眼珠不黑的面孔能算是美色吗？

国　王　魔鬼化装成光明天使更能骗人上当。啊，如果我情人的眉毛漆黑，那是要防止戴假发或染发来以假乱真的，因此，她生来就是一头黑色的秀发。她的爱好会改变时尚，因为时人都误以为涂脂抹粉是美人的本色，所以脂粉也要仿效眉黛了。

杜　曼　打扫烟囱的工人也是学她，才涂得满脸漆黑的。

朗格维　从此以后，煤炭工也会显得光辉灿烂了。

国　王　非洲土人都可以因肤色而自豪吧。

杜　曼　黑夜不再需要烛光，因为黑暗就是光明。

贝　朗　你们的情人不敢再淋雨，以免洗尽脂粉，一无是处。

国　王　你倒是淋雨更好，因为，说老实话，我倒要找一张没洗过的好脸孔呢。

贝　朗　我要证明她美，哪怕争到世界末日也行。

国　王　魔鬼也不如她能使你魂飞九霄云外吧。

杜　曼　没有一个男子汉会把一个贱货看得如此高贵。

朗格维　瞧,(指着自己的鞋子。)这就是你的情人,看,我的脚下踩的不就是她的脸吗?

贝　朗　如果街上每块石头都是你的眼睛,那我的情人在街上走的脚步实在是太轻了。

国　王　这样争吵是为了什么?难道这种爱情不是我们大家都有的吗?

贝　朗　说得再好也没有了,大家都是发誓不算数的啊。

国　王　那就不要再瞎吵了。要贝朗来证明我们的爱情都是合理合法,并且都没有违背我们的誓约吧!

贝　朗　啊,那何必呢?爱情的战士,想想你们开始发的誓言:禁吃禁喝,学习研究,不近女色——这不是公然违反人性吗?说,你能不吃不喝吗?你的肠胃太需要营养了,少吃少喝要生病的。怎么能抛弃书本呢?抛弃了书本,还能空想去学习研究吗?因为什么时候,我的主公,还有你杜曼,还有你朗格维,如果没有女人的美色,你还能有什么梦想？能做什么钻研？从女人的眼中我看出了这个道理：她们的眼睛就是我们梦想的基地，就是专研的书本，生活在其中的学院。就是普罗美修斯盗火的根源。那么，为什么你血液中的精灵要踏遍天下的监狱无觅处，却看不见近在眼前的美人面孔呢？你不用眼睛去看，也不用心研究誓约的前因后果，你不知道世界上哪有一个作家写得出女人的眼睛有多美！知识只是一个人的附属品，我们是什么人，就附有什么知识，当我们在美人眼中看到自己，不也就看到我们的知识了吗？因此，我们发誓研究，"研究"就包括书本在内了。我们发誓要学习研究，学友们，但是誓言中又要放弃书本，那在什么时候，我的主公，还有你，还有你，在沉重的思考中，找得到美人眼中启示的丰富多彩的词句呢？其他缓慢的艺术完全沉浸在脑海中，因为无人付诸实践，沉重的活动也就不能开花结果。只有从美人眼中学到的爱情不是孤立关闭在头脑中，而是像风雨雷电一般,像思想一样迅速流通,使视听闻味各种力量成倍增长,超越了本能,使眼睛增加了视力。和情人的视力一比,雄鹰简直是视而不见;情人的耳朵听得见最轻微的声响,最机灵的小偷也不能掩人耳目;情人的感觉灵敏,超过了蜗牛的触角;情人的舌头使酒神的味觉也显得迟钝。至于勇气,情圣不就是在乐园攀登顶峰林木的赫鸠力士吗?还要像狮身人面像一样知人识相,声音光明响亮,像太阳神阿波罗的头发编成的琴弦。当情圣说话时,众神异口同声的和谐美使大地陶醉,诗人的笔尖如果不浇上情人的叹息酿成的墨水就写不出诗。啊,那时他的诗句才能使不文雅的耳朵大喜若狂,在残暴的人性中撒下了温和谦逊的种子。我从女人的眼中得到结论,她们的眼睛点燃了普罗美修斯盗来的火种,那就是显示、包含、营养了全世界的书籍、艺术、书院,否则,人类怎能成为万物之灵?放弃美人的只有傻瓜,遵守誓约的只有笨蛋。为了人人热爱的智慧,为了热爱人人的感情，为了创造了女人的男人，为了使男人成为男人的女人，让我们放弃誓约，恢复自我，而遵守誓言就要牺牲自我了。所以违背誓言是合乎教义的，因为教规是以慈悲为本的啊，谁能说爱情不仁慈呢？

国　王　那么，爱神成圣人了！爱神的战士，上战场去吧！

贝　朗　高举旗帜前进吧，要压倒一切，混战一场，但是不要忘了混战之后总是阳盛阴衰的。

朗格维　不要花言巧语，实话实说吧，要不要去进攻营帐中的法兰西美人呀？

国　王　要讨她们欢喜，什么花言巧语才能使她们在帐中喜欢我们呢？

贝　朗　首先我们要从王宫花苑去她们帐中，然后携手同归，下午我们要吃喝玩乐，戴假面具跳舞，跳得天旋地转，在爱情路上撒满鲜花，使情火和鲜花比美。

国　王　得了，得了，不要浪费时间，阳奉阴违，一切都会做得尽善尽美的。

贝　朗　得了，种花得花，

难道不会结果?
公平不必自夸,
真金不买贱货。
(同下。)

第 五 幕

第一场

纳瓦尔王宫花园

（贺罗方学究、纳山涅神甫及达尔警官上。）

贺罗方　既得之，则安之。

纳山涅　听老师一番话，真要谢天谢地。您在席上高谈阔论，言语锋利而不夸张，兴高采烈而不落俗套，机智而不做作，学识丰富而无偏见，闻所未闻而非奇谈怪论，胜过我在国王驾前见到的那位高手，就是鼎鼎大名的堂·亚德里亚诺·德·亚玛多。

贺罗方　我知道他就像知道你一样。他说话自以为是，口舌引经据典，目中无人，走起路来大摇大摆，总起来说，他的行为荒唐可笑，满

　　　　　口谎言，浑身是刺，装模作样，与众不同，
　　　　　可以说是冒充见多识广之徒。
纳山涅　你说的都是绝妙好辞。（取出笔记本来记下。）
贺罗方　他用词造句混乱不堪，令人生厌，如把"怀疑"说成"坏泥"，"债务"说成"宰吾"，"小牛"变成"小妞"，"左邻右舍"变成"左抡右杀"，听得令人"生厌"，他却说是口鼻"生烟"，叫人啼笑皆非。
纳山涅　老天在上，在下明白。
贺罗方　稍有错误，倒还说得过去。

　　　（牛皮大王亚玛多、侍童莫思及柯斯达上。）

纳山涅　来者是谁？
贺罗方　一见喜笑颜开。
亚玛多　两位老松！
贺罗方　怎么老兄成了老松？
亚玛多　两位与人为善，一见三生有幸。
贺罗方　足下杀气腾腾，令人肃然起敬。
　　　……①

---

① 译注：此处删去约二十行。

亚玛多　大学者,你不是在顶峰学堂教过年轻人的吗?

贺罗方　那是在顶风冒雨。

亚玛多　那顶风就不如顶峰了。

贺罗方　没问题,我也是喜欢顶峰。

亚玛多　老兄,国王最美好的愿望就是去法国公主帐中会见贵宾,时间就定在这个下半天,用普通老百姓的话来说,就是今天下午。

贺罗方　"下半天",说得真好!老兄,把时间变成空间,可以量得出来,真是妙不可言。老兄,我敢打包票,这是妙语生花。

亚玛多　老兄,国王是高贵的君主,但是对我非常友好亲热。你我之间说句心里话,唉,还是不说算了。——我要请你记住礼貌,请你还是戴上礼帽吧。还有重要的事,必须认真对待。这有重大关系。——但是不说也罢,不过我不得不告诉你,有时主公一高兴,居然用他的御手靠在我肩膀上,抚摸我这又脏又乱、一文不值的臭胡子。——不过,好心人,这也不必谈了。但是我并不讲神话,伟大的主公有时偏爱亚玛多,这个行万里路看天下的大兵。——这不说也算了。最重要的是——知心人，我请你要保守秘密——国王要我在他的宝贝公主面前表演烟火似的使人开心的今古奇观。如今，我知道了你和神甫都是爆发笑料的好手，我就来把一切如实奉告，求你们两位大力相助了。

贺罗方　老兄，那你就在公主面前演出九大名人的好戏吧。纳山涅老兄，为了度过欢乐的时光，下半天要我们参加这位大名鼎鼎、博学多才的大人物奉旨举行的演出，那还有比三贤、三雄、三王更合适的好戏吗？

纳山涅　你到哪里去找扮演这些名人的戏子呢？

贺罗方　你就可以演以色列的先知约书亚，我自己演出卖耶稣的犹大·马克巴卡。这位一表人才（指亚玛多），演特洛亚英雄赫克托再好不过；这个大手大脚的老乡（指柯斯达）正好演庞贝大将；这个少年（指莫思）让他演赫鸠力士如何？

亚玛多　对不起，老兄，这个小鬼的个子还不如赫鸠力士的胳臂粗，他的大腿比棍子还更细，怎么能够格呢?

贺罗方　听我说,他可以演幼年杀蛇的赫鸠力士,上场下场都在和缠身的毒蛇做斗争,那就可以蒙混过关了。

莫　思　好主意!如果观众喝倒彩,我也可以提起蛇来,显得胳臂比蛇粗吧。

亚玛多　谁来演其他名人呢?

贺罗方　我可以一个人演三个。

莫　思　那就是三位一体了。

亚玛多　要我说一句吗?

贺罗方　我们洗耳恭听。

亚玛多　如果不能过关,我们就说:这是古为今用如何?接着说吧。

贺罗方　来吧,达尔老哥,你怎么一直一言不发?

达　尔　我一点也听不懂呀。

贺罗方　得了,你也派得上用场。

达　尔　我可以跟着跳舞,或者为名人打边鼓,或者跳草裙舞,哈哈!

贺罗方　你也会凑热闹,真个是胡闹了。走吧!

（众下。）

第 五 幕

第二场
公主帐中

（公主、凯瑟琳、罗瑟琳、玛丽娅上。）

公　主　知心的人儿，我们还没有回国就先富起来了，这么多礼物像潮水般汹涌而来，使我们成了钻石环抱的美人。瞧，这就是多情的国王送来的礼品。

罗瑟琳　公主，除了礼品就没有别的吗？

公　主　怎么没有？瞧，情诗写满了一张纸的两面，他真恨不得满纸都盖上爱神大名的封蜡呢！

罗瑟琳　这样才可以让爱神长大，他已经做了五十年的金童了。

凯瑟琳　这也使他成了个调皮捣蛋、无事生非的顽童。

罗瑟琳　你不会和他要好的，他害死了你的姐姐嘛。

凯瑟琳　他害得她忧郁不乐，心情沉重，就这样死了。要是她像你一样轻松活泼，机智灵敏，蹦蹦跳跳，她也可以活到奶奶的年纪，你就更能活到老了。心情好的人是长寿的。

罗瑟琳　小老鼠，你的漂亮话掩盖了什么阴暗的内容？

凯瑟琳　其实是朦胧的外表包藏着美丽的内心。

罗瑟琳　那就需要更多的光华才能照出隐藏的秘密。

凯瑟琳　你要剪烛芯才能看得清，那又要得罪人了，所以还是模模糊糊、不了了之更好。

罗瑟琳　看你在干什么？你还是糊糊涂涂的。

凯瑟琳　那你这样轻浮的美人就不能再糊涂了。

罗瑟琳　的确，我的错误没有你那么严重，所以我就无错一身轻了。

凯瑟琳　你的错误没有我重？啊，你并不在乎我。

罗瑟琳　说得有理，不在乎就是不可救药了。

公　主　住口吧！斗智也斗够了。不过，罗瑟琳，你不是也收到赠品了吗？是谁送的？什么礼物？

罗瑟琳 我得如实禀告，不是沾了公主的光，我是得不到这种高评的。你们看，不，我也得到了情诗呢，这得多谢贝朗了。每行字句不管多少，都把我比作世上最美的女神，比得上全世界的两万美人呢。信中还画了一幅丽影。

公　主 画得像吗？

罗瑟琳 文字倒还不错。赞词就离谱了。

公　主 像墨水一样美。比喻还不错嘛。

凯瑟琳 描写得像一部书的第二个版本。

罗瑟琳 这是用什么画笔画的？我真不敢恭维。红色黄色都像日历上星期天鼓起来的金字，啊，你的脸上哪里来的这么多圈圈点点？

公　主 开玩笑的人出天花，骂街的泼妇口沫飞溅。得了，凯瑟琳，漂亮的杜曼给你送什么了？

凯瑟琳 就是这么一只手套。

公　主 怎么不是两只？

凯瑟琳 只有一只，公主，不过还有一首一千行的长诗，说自己是忠实的情人，满纸都是虚情假意，胡言乱语，凑在一起，非常简陋，却要冒充深刻。

玛丽娅　朗格维送给我的，就是这些珍珠，还有一封半哩路长的情书。

公　主　我看珍珠不少，情书也真不短。你是不是希望珍珠多些，情书短些？

玛丽娅　我只希望抱珍珠的双手分不开。

公　主　我们不是傻瓜，不会上当受骗。

罗瑟琳　他们拼命买我们的讥笑，这才真是傻瓜！这个贝朗，我在离开之前一定要好好折磨他一顿，看他一个星期是不是上钩！我要他摇尾乞怜，等待时机，浪费才气，写一些无聊的诗句，猜测我的心意，来向我讨好卖乖。因为使我得意，他也可以得意扬扬。我要把他当作奴隶，让他做一个把命运交在我手里的傻瓜。

公　主　聪明人糊涂时最容易上当受骗，糊涂是聪明哺养出来的傻蛋，又有聪明保驾，还有一帮人喝彩叫好，于是就聪明反被聪明误了。

罗瑟琳　年轻人血涌上来，也不会这样走极端，严肃认真的人起了反感，却会放荡无度。

玛丽娅　聪明人一痴爱，反而会发糊涂，傻瓜发糊涂却没有聪明人那么强烈,聪明人要使出全副本领,才能证明傻瓜说的简单话是有道理的。

(波越上。)

公　主　波越来了,看他一脸的兴高采烈。

波　越　啊,我都要笑死了!公主呢?

公　主　你带来了什么好消息,波越?

波　越　准备好,公主,准备好!武装起来,姑娘们,武装起来保卫你们的安全。爱情穿上了理论的外衣,要来进行突然袭击。拿出你们的智慧,保卫你们自己吧,要不然,那就做个懦夫,埋起头来逃走吧!

公　主　保护神呀!爱神呀!谁要口吐狂言来进攻我们?说呀,我的包打听!

波　越　我正打算在梧桐树荫下
　　　　闭着眼睛休息半个时辰,
　　　　瞧,有人来打扰我的安宁。
　　　　我看见来到树林中的是
　　　　国王那一伙人。我小心地
　　　　躲进了附近的小树丛中,

听到了你们就要听到的——
他们要化了装到这里来。
开路先锋是个调皮顽童,
他滚瓜烂熟地记住了台词,
还学会了如何说话、行动,
"话要这样说。身子这样站。"
他们随时都怕小孩说话
像个大人,那会泄露天机。
国王就说:"你会见到天使,
但是不必怕,要大胆说话。"
顽童说:"天使不会做坏事,
我倒害怕女人会变魔鬼。"
说得大家大笑,拍他肩头,
他更洋洋得意,摇头摆尾。
有人拍掌叫好,面露笑容,
说没有听过更好的语言。
又有人捏得拇指咯咯响,
说无论如何都得干一场。
第三个跳起来祝万事如意。
第四个转身跳起摔了跤,

跌倒在地。大家前仆后继，

人仰马翻，满场都笑嘻嘻。

这场闹剧真是无事生非，

一直闹得大家笑出眼泪。

公　主　怎么？他们是来看我们的吗？

波　越　他们是，他们是，打扮成这等模样。我猜是打扮成俄罗斯人或莫思科人，来谈心，来求爱，来跳舞。每个人都向自己的情人进攻，只要一看他们赠送的不同的信物，他们就看得出谁是谁了。

公　主　是这样吗？情郎应该受到考验。姑娘们，我们每个人都要戴上遮面绸，让他们男子汉没有本领从衣着上看出姑娘的面孔，也猜不到哪个是他赠送信物的情人。拿住，我的甜姑娘，拿住国王送给我的礼品，（公主与罗瑟琳交换信物。）把它戴在身上，国王就会把你当成他的情人了。也把你的信物给我，让贝朗把我当作罗瑟琳吧。

（对凯瑟琳和玛丽娅）你们两个也交换信物。让你们的情人认物不认人吧。

罗瑟琳　来吧,把信物戴在最显眼的地方。

凯瑟琳　这样交换信物有什么意思?

公　主　我们的目的就是让他们的目的不能达到。他们的目的是要和我们开玩笑,而用玩笑对付玩笑就是我的目的。他们对错认的爱人吐露真情,而我们下一次露出真面目相逢时,就可以大开玩笑了。

罗瑟琳　如果他们要跳舞,我们跳吗?

公　主　不跳,怎么也不跳一步。不要听他们事先写好的那一套,他们讲时,大家都转过脸去。

波　越　怎能这样瞧不起人?不会伤人心吗?不会使他们忘记台词?

公　主　这正是我的目的,我相信头一个下不了台,后面的就不敢上场了。这就是以其人之道,还治其人之身。他们的伤心使我们的开心更增加了一倍,而他们只好落败而归了。

（喇叭声响。）

波　越　喇叭响了,戴起遮面绸来,演戏的假面人来了。

（姑娘们戴上遮面绸。）

（在乐声中侍臣扮黑人上。莫思手拿台词同侍臣上。）

（国王、贝朗、朗格维、杜曼戴面具，穿俄罗斯装上。）

莫　思　天下最美的姑娘，你们好！

贝　朗　（旁白）美人戴了遮面绸，是不是要遮丑？

莫　思　美人不用绸子来遮丑。

（姑娘们转过脸去。）

只用袖子来遮手。

贝　朗　（对莫思）不对，小鬼，说"来遮羞"！

莫　思　来遮羞，得不到——

波　越　当然得不到。

莫　思　得不到你的爱，老天爷不痛快。

贝　朗　（对莫思）老天怎会痛快，小鬼？

莫　思　满眼只见男人，怎会痛快？

波　越　应该说：满眼都是女人！

莫　思　她们不听我的。还是放我走吧！

贝　朗　这就是你的本领吗？走吧，小鬼！

（莫思下。）

罗瑟琳　（冒充公主。）这些外国人来干什么？波越，你去了解一下他们的来意。如果他们会说我们的话,我的意思是让他们来一个老实人,说明到底有什么打算。

波　越　你们来见公主有什么事?

贝　朗　不过是太平无事、彬彬有礼的拜访。

罗瑟琳　他们要什么?怎么说的?

波　越　不过是太平无事、彬彬有礼的拜访而已。

罗瑟琳　既然如此,他们已经开眼了,可以走吧。

波　越　公主说:你们已经开了眼界,可以走人了。

国　王　请告诉她:我们不远千里而来,要同你们绕草场跳一圈舞。

波　越　他们说:他们不远千里而来,要同你们绕草场跳舞。

罗瑟琳　不行。问问他们一里路有几寸长。如果他走过一千里,那计算一里,不在话下。

波　越　如果你们日行千里,那不难算出一里路有几寸。

贝　朗　我们寸步难行。

波　越　她可明察秋毫。

罗瑟琳　你们日行千里,怎么寸步难行?

贝　朗　我们为您效劳不计其数,千里有如一里,做事不必费力,只要一见春光满面,我们就会拜倒在地。

罗瑟琳　面如明月也会有彩云遮蔽。

国　王　幸运的彩云啊,你们衬托得明月和群星更加光辉灿烂,云彩一散,就化为露珠,落入我们的眼帘了。

罗瑟琳　你要求镜花水月,得了无益。

国　王　那我就要求跳舞了。你要我求你,这不过分吧?

罗瑟琳　那就奏乐吧。

（奏乐。）

不,跳舞要快!一慢就不跳了。我也像月亮一样,时快时慢的。

国　王　你不跳了。怎么突然变化?

罗瑟琳　你刚看到的是满月,现在月又缺了。

国　王　不过月还是月,人还是人。

罗瑟琳　奏乐了。用什么伴奏呢?用耳朵听吧。

国　王　为什么不用腿呢?

罗瑟琳　既然你是不远千里而来的外国人,我不能没

　　　　　有礼貌。(伸手。)让我们握手吧,但是不能跳舞。

国　王　那为什么要握手?

罗瑟琳　握手是友好告别。行礼吧,好心人,听!音乐也停了。

　　　　(音乐声停。)

国　王　怎么音乐节奏也要节约?太不客气了。

罗瑟琳　一分价钱一分货色。

国　王　什么代价才能买到跳舞呢?

罗瑟琳　你离开就行了。

国　王　那可不成。

罗瑟琳　那伴舞就是无价之宝了。再见吧,我要和你的假面具说两遍。

国　王　你不跳舞,谈谈私话如何?

罗瑟琳　谈谈私话倒也无妨。

国　王　那可再好没有了。

　　　　(两人私谈。)

贝　朗　(对公主)有什么可以和你的玉手比美的吗?

公　主　(化身为罗瑟琳。)蜂蜜、牛奶、白糖,都比我的口舌更甜。

贝　朗　你的骰子掷了三点，我也回敬你三杯：香露、红酒、葡萄汁。加起来就是六种甜品了。

公　主　第七种更甜。那就是"再见"，赌棍都是骗人的好手，我可不想受骗太久。

贝　朗　说句私话好吗？

公　主　私话不是诗话，不要甜甜蜜蜜。

贝　朗　但也不要苦得就像胆汁。

公　主　比胆汁还更苦。

贝　朗　那也就更滋补。

（两人私语。）

杜　曼　（对玛丽娅）你能和我谈句话吗？

玛丽娅　（冒充凯瑟琳。）说吧。

杜　曼　好姑娘——

玛丽娅　你这样叫我吗？那我就奉还你一个"好先生"。

杜　曼　如果你愿意和我说句私话，说完了我就走。

（两人私语。）

凯瑟琳　（冒充玛丽娅。）怎么？你的假面具没有舌头？

朗格维　姑娘，我知道你为什么提问。

凯瑟琳　快说你的原因，老兄，我等着呢。

朗格维　你的假面有两根舌头，要分一半给我那不会说话的帽子。

凯瑟琳　你帽子上有牛毛，牛毛会变小牛。

朗格维　会变小妞，我的美人。

凯瑟琳　不，会变小丑。

朗格维　那让我们来平分"春色"吧。

凯瑟琳　不行。我不能把青"春"分给好"色"之徒。把你的牛毛拿走吧。

朗格维　你钻牛角尖了，能钻出个牛郎来吗？

凯瑟琳　那小牛就不要长角了？

朗格维　姑娘，你还没有过门，怎么让男人长角戴绿帽呢？让我说句疯话，我就死也甘心了。

凯瑟琳　那你就轻轻哞叫吧，屠夫等着你呢。

波　越　女人的锋牙利齿，有如无形的尖刀，能把一丝软发一分为二，令人心醉神迷。她们的思想长了翅膀，飞得比箭还快，像一阵风，你一感到，它已经无影无踪了。

罗瑟琳　不要说了，姑娘们，歇一歇吧。

贝　朗　天呀，真是嬉笑无常。

国　王　再见,调皮的姑娘,你们真有一手。

（国王、贝朗、朗格维、杜曼及侍臣下。）

公　主　再见又再见,莫思科的风雪天!（脱下遮面绸。）这些就是难得的才子吗?

波　越　才智点燃的烛光也会被香风吹灭。

罗瑟琳　他们的才智外强中干。

公　主　聪明掩饰不了贫穷,君王也会受到挖苦!你们看他们今夜会不会自寻短见,或者不戴假面具就不敢见人?连高人一头的贝朗也自愧不如了。

罗瑟琳　他们都无可奈何,连国王也吐不出如珠妙语来了。

公　主　贝朗也乱了套,赌咒发誓,胡言乱语。

玛丽娅　杜曼说要用剑为我效劳,我说他的剑还没有磨砺呢,说得他哑口无言了。

凯瑟琳　朗格维说我征服了他的心。你们猜他怎样称呼我!

公　主　是不是"痛心人"?

凯瑟琳　是的,说老实话。

公　主　去吧,既然你们同病相怜。

罗瑟琳 得了，聪明人也会戴上傻瓜的帽子，你们信不信？国王居然也向我吐露真情了。

公　主 眼明心快的贝朗也陷入了苦恋。

凯瑟琳 朗格维说，他生来就是为我服务的。

玛丽娅 杜曼对我，就像树皮离不开树身。

波　越 公主和漂亮的姑娘们，请听我说：他们又要盛装而来了，不合规格的生硬接待会叫他们吃不消的。

公　主 那他们还会来吗？

波　越 他们还会来的，老天晓得，他们还会来的，会高兴得跳起来，跳断了腿也不在乎。所以要转变态度吧。他们一来，就要像盛开的玫瑰一样欢迎他们。

公　主 怎么像盛开的玫瑰？说明白一点。

波　越 姑娘们戴上遮面绸，就是玫瑰花藏在绿叶中。脱了遮面绸就像天仙穿云而出，玫瑰盛开，美不胜收了。

公　主 来吧，随你千变万化，或是盛装求爱，我们都能随机应变。

罗瑟琳 公主，听我说，不管他们盛装还是化装，我们玩笑还是照开。就告诉他们说：来了一群傻瓜，装成莫思科人。不管他们来干什么，都说话荒谬，行动粗鲁，就要来帐中会见我们了。

波　越　姑娘们，进去吧，情郎就要来了。

公　主　那就快像小鹿一样，跑进帐中去吧！

（公主、罗瑟琳、凯瑟琳及玛丽娅下。）

（国王、贝朗、朗格维及杜曼上。）

国　王　老兄，老天保佑！公主在吗？

波　越　进帐去了。请问国王有什么吩咐？

国　王　我有话要和公主面谈。

波　越　我会转告。公主会应命的。（下。）

贝　朗　这位老兄听到好话就说，就像鸽子见到豆子就啄一样，他会贩买漂亮话再零售出去，不管是节日还是宴会，在酒楼还是在市场。我们做大批买卖的，天晓得会不会这样小手小脚。这个油嘴滑舌的小白脸挽住女人的衣袖，假如他是亚当，一定会去勾引夏娃，而不是让夏娃勾引得被逐出乐园。他会假献殷勤，说些甜言蜜语。他会伸出手来，装模作样，不断吻对方的手。他在赌场也会用漂亮的字眼吆喝骰子听命。他还会唱下流歌曲，却用上流的派头来弥补。女人说他甜蜜，他踩过的楼梯也吻他的脚印，他是笑面迎人的鲜花，露出鲸鱼骨一般洁白的牙齿，他欠债不还，良心并没有不安，得到的回报却是甜言蜜语。这就是嘴巴上涂了蜜的波越。

国　王　我满心希望他的油嘴滑舌会起泡化脓，他居然把亚玛多的顽童都说得张口结舌，不知所云了。

（公主、罗瑟琳、玛丽娅、凯瑟琳同波越上。）

贝　朗　瞧，言行多么矛盾。这些疯子说的是一套，做的又是一套。

国　王　祝大家好，甜蜜的公主，今天天气真好。

公　主　在我看来，要大家说好的就不好了。

国　王　请放心往好处想吧。

公　主　放心不如改口。

国　王　我们正是来改口的。非常欢迎到王宫去。如蒙光临，真是为王宫增光添彩了。

公　主　这片园地却要挽留我呢。不管园地还是王宫都要挽留你的誓言呀。老天和我都不喜欢发了誓不算数的人啊。

国　王　不是我的嘴巴说话不算数，是你的眼睛一发亮，就堵住了我的眼睛和嘴巴，我眼睛看不见，嘴巴说不出，发的誓自然不算数了。

公　主　你把好事说成坏事，这是混淆好坏，颠倒是非了。说话不算数，发誓又作废，这怎么能算是好事呢？美人的纯洁像洁白无瑕的百合花，我要用纯洁美人的名义起誓：我宁可忍受痛苦的折磨，也不愿接受富贵的邀请。我不喜欢破坏真心诚意、对天发过的誓言。美人明亮的眼睛是不会给情人的内心带来黑暗的。

国　王　啊，你在这里幽静冷僻，与世隔绝，实在令人羞愧得无地自容。

公　主　不是这样，王上，不是这样，我敢发誓，我们在这里有的是娱乐消遣，刚刚还有一些俄罗斯人来热闹了一番呢。

国　王　怎么，公主，还有俄罗斯人？

公　主　是的，说实话，王上，他们都是些漂亮的情人,还有宫廷气派、王室风度。

罗瑟琳 公主,要说实话。王上,不是那样的。我们的主子是顺应时代的潮流,为了礼貌起见,才说了那些言过其实的好话。我们四个当事人的确见到了四个穿着俄罗斯服装的人。他们在这里待了个把钟头,说得上气不接下气,没有说一句我们的好话。我不敢叫他们作傻瓜笨蛋,不过后来我想,等他们说得唇干舌焦,总要喝点什么吧。

贝 朗 这个笑话在我听来是干巴巴的,漂亮温柔而甜蜜的姑娘。你们的聪明把好事说成坏事了。在我们见面的时候,我们的眼睛什么都看得见;但是天上的火眼金睛光彩夺目,使我们视而不见了。你们巧夺天工的本领使聪明人变得愚蠢,使有钱人看起来却像穷鬼了。

罗瑟琳 这想说明你们聪明富有吧,但是在我看来——

贝 朗 我们又穷又傻。

罗瑟琳 如果这不是你的品质,那为什么从我舌头上抢话？这不是罪过吗？

贝　朗　啊，我是你的人，我的一切都是你的。

罗瑟琳　整个傻瓜都是我的？

贝　朗　我还拿得出什么货色呢？

罗瑟琳　你那时戴的是哪一副假面具？

贝　朗　什么时间？什么地方？什么假面具？你为什么要问这些？

罗瑟琳　就是那个时间，那个地方，那张能够取长补短的假面具。

国　王　好戏揭穿了，她们会笑得我们无地自容的。

杜　曼　那我们就有错认错，付之一笑吧！

公　主　王上吃惊了。为什么看起来不好受？

罗瑟琳　救人啦！抱住他的头！他要晕过去了。你为什么脸色发白？我看，你是不是从莫思科来的时候，在海上晕船了？

贝　朗　让天上的星河降下灾祸来惩罚发誓不算数的人吧！铜头铁臂也挡不住天灾。姑娘，箭都向我射吧！用藐视来挫伤我，再用嘲笑来抚摸，用机智来揭露我的无知、粉碎我的自高自大吧！我再也不敢穿上俄罗斯的衣服妄求你跳一次舞了；啊，我再也不会像小学生背台词一样，戴上假面具，唱着盲诗人的情歌，来追求爱情了！推敲的词句，圆滑的辞令，三倍夸张地显示博学多才，就像夏天的苍蝇唱得昏天黑地一样。我现在要用白手套起誓——天晓得你的手多白！——我要用乡土粗布的纯朴和你们法国的"毫无瑕疵"结合起来，向你求婚。但愿老天保佑，我们的婚姻是合情合理合法的。

罗瑟琳　不要说法国话。

贝　朗　我有办法对付老毛病了。对不起，我的毛病根深蒂固，只能一步一步摆脱。且慢，让我想想看。给他们写下来：老天救救他们三个人的心病吧。是你们的眼睛害得他们倾心病倒的。你们不能推卸责任。我在你们身上看到了我们的信物。

公　主　不对，你们给我们信物是自觉自愿的。

贝　朗　那就是我们既送了信物，又没有得到感情。

罗瑟琳　你们要打官司，打不赢也不算什么损失。

贝　朗　别说了，我不是对你说的。

罗瑟琳　即使是对我说,我也不会让你捞到好处。

贝　朗　(对大臣)你们自己说吧,我已经心尽力拙了。

国　王　好公主,告诉我们有什么好法子可以挽救我们粗鲁的行为吗?

公　主　最好的法子就是认错。你们不是改头换面来的吗?

国　王　是的,公主。

公　主　你们得到了教训吗?

国　王　是的,好公主。

公　主　你们来的时候,对着情人的耳朵说了些什么?

国　王　我在世界上最爱的就是你。

公　主　她若不信,你就抛弃她了。

国　王　我用名誉担保,决不会的。

公　主　不要说了,不要说了,一次说了不算数,再说也靠不住。

国　王　我要是再说了不算数,还有人相信我吗?

公　主　但愿你说了算数,免得我不信你。——罗瑟琳,那个俄罗斯人对着你的耳朵说了些什么来着?

罗瑟琳　主子,他发誓要把我当作眼中的宝贝,看得比全世界都更重要。还加了一句：他要和我结婚，否则，他也要活一天爱我一天。
公　主　老天会让你满足他的要求。这位高贵的君王一定会说到做到的。
国　王　公主这是什么意思？我用生命起誓：我从没有对这个姑娘发过这样的誓。
罗瑟琳　老天有眼，你怎能发誓不算数？为了证明你的真心实意，你还给了我这件信物呢。不信，你拿去看看。

（拿出信物。）

国　王　这是我给公主的信物，我给她时，还分明看见她衣袖上的珠宝呢。
公　主　对不起，刚才戴珠宝的是她。（指罗瑟琳。）贝朗大人才是我该谢谢的，他才是向我求爱的人。

（对贝朗）贝朗大人，你到底是要我，还是要回你的信物呢？

贝　朗　我两个都不要，都原璧奉还吧。我看透了你们这一套，你们早知道我们喜欢做开心的事，就把我们寻欢作乐的事演成一幕圣诞节送礼的喜剧了。

你们有的会说三道四,有的是唯唯诺诺,有的是躲在战壕里不上战场的英雄,有的低级下流、散布流言蜚语,有的长年假笑,逢迎主子的喜怒哀乐。你们偷听到了我们泄露的机密,就赶到女主人面前去报信讨赏。使我们跟踪追寻,而你们却交换了我们的信物,使我们只见其外的金玉,却不见其中的珍宝,使我们上当受骗,又发假誓,这就是事实真相。——(对波越)难道你们不是这样以假乱真,使我们误以为金玉其外,必然是美人其中,使我们吃一堑而不能长一智?你知道美人脚的尺寸,使她的眼珠笑得化为泪水。老兄,难道不是你站在她们背后煽风点火,捧着一盘玩笑?你把我们的顽童气得不顽了,你自己也可以滚蛋了吧!你死了可以穿女裤下葬。你斜眼看着我干吗?你眼中射出的刀光剑影是伤不了人的啊。

波　越　你这也是快马加鞭,能伤人吗?
贝　朗　瞧,你硬得挺起来了!

（丑角柯斯达上。）

欢迎你来，聪明人，你分开了一场舌战。

柯斯达　天呀，先生，他们要打听"前三雄"能不能上场呢？

贝　朗　怎么，只来了"前三雄"？

柯斯达　不，来的都是好样的：一个顶三个。

贝　朗　那三雄岂不是成了九雄？

柯斯达　不，先生——我要改一下，先生——我怕不是这样，你不能要我们，先生，我们知道什么，就会说什么，先生，我说，三个人每人演三个——

贝　朗　那不是九个吗？

柯斯达　对不起，先生，我们知道是几个。

贝　朗　天哪，我从前一直认为三乘三等于九呢。

柯斯达　天哪，先生，可惜你只会靠计算过日子。

贝　朗　那你说是多少？

柯斯达　天哪，先生，要演哪一个，演员知道自己是个什么货色。至于我呢，他们要我这个可怜人演个大人物，演庞贝大将。

贝　朗　你也是"前三雄"之一？

柯斯达 我不知道谁是前三雄。

贝　朗 去吧,叫他们准备好好演。

柯斯达 我们会演好,先生,也会好好演的。(下。)

国　王 贝朗,他们会演得丢脸的,叫他们不要来了。

贝　朗 我们不怕丢脸;主公,让他们演得比我们还糟,岂不更好?

国　王 我说,不要让他们来丢脸了。

公　主 不,王上,这一回让我做主吧。最坏的演出也会最讨人喜欢,越想讨好,反而越糟;形式越乱,笑声越高;内容越好,越会胎死腹中,不得问世。

(牛皮大王亚玛多上。)

亚玛多 我请求神授君权的王上不吝赐予金玉良言。

(亚玛多与国王谈话。)

公　主 这个人信神吗?

贝　朗 为什么问这个问题?

公　主 因为他不像是神造的人。

亚玛多 (对国王)那对我都一样,我美好甜蜜的王上,因为我敢说那个教书先生异想天开,太自命不凡,太自命不凡了。但是我们只好

说：成败只有听天由命，

（给国王看节目单。）

王上要心安理得。（下。）

国　王　看来要有好角才能演一台好戏。亚玛多演特洛亚战争的赫克托，乡巴佬演庞贝大将，乡下神甫演亚历山大大帝，亚玛多的顽童演赫鸠力士，卖弄学问的乡村教师演犹大·马克巴卡。要是头四个角色演得好，他们换了衣服再演五个新角色。

贝　朗　头一场就要出五个。

国　王　你搞错了，不对。

贝　朗　一个卖弄学问，一个吹牛，一个对篱笆传道说教，一个傻瓜，还有一个顽童。五个人演九个角色，掷骰子掷到五点和九点也就赢了。这样的五个人，你到哪里去找？

国　王　船已启航，马上到港。

（柯斯达饰庞贝大将上。）

柯斯达　（饰庞贝）我是庞贝——

贝　朗　胡说！你不是他。

柯斯达　我是庞贝——

波　越　你只是盔甲上画了豹子头。

贝　朗　你只是尖嘴薄舌头，我的老朋友。

柯斯达　我是庞贝。人称庞贝大帝——

杜　曼　大将！

柯斯达　对了，是大将。——

　　　　　　庞贝大将老上战场，

　　　　　　手拿盾牌，吓得敌人屁滚尿流。

　　　　　　沿着海岸来到法兰西，看见公主真美丽。

　　　　（对公主）放下武器忙行礼。

　　　　公主说声谢庞贝，我就唱完了我的戏。

公　主　多谢庞贝大将。

柯斯达　不敢当。我希望不闯祸，但把"大将"说成"大帝"，还是出了错。

波　越　我敢出半个便士打赌：庞贝是演得最好的大将。

　　　　（纳山涅神甫饰亚历山大上。）

纳山涅　只要我活在世界上，我就是亚历山大王。

　　　　我征服过东南西北方，使我的威名远扬。

　　　　我的盾牌宣布亚历山大已经征服天下。

波　越　你的鼻子偏右，说明一半天下不归你有。

贝　朗　你的嘴结结巴巴，怎么能一统天下？

公　主　亚历山大征服了天下，却征服不了你们。——说你的吧，好个亚历山大！

纳山涅　只要我活在世上，我就是亚历山大王。——

波　越　不错，你说得对，你就是亚历山大王。

贝　朗　庞贝大将——

柯斯达　啊，柯斯达在听命。

贝　朗　把这个征服了天下的人赶走，把亚历山大赶走！

柯斯达　（对纳山涅）啊，先生，你推翻了亚历山大，你也要被人从画布上除掉了。你的盾上咬着斧头的狮子要送给亚杰斯，要让他演第九个名人。一个征服了天下的人还不敢说话？滚蛋吧，亚历山大！（纳山涅退后。）如果你高兴做个老实人，温和的傻瓜，你就去撞死吧！说老实话，要做左邻右舍，他是一个好人。但要他演亚历山大，那可是太难了。不过，还有别的名人呢。他们各人会演各人一套的。

公　主　让开一点，好庞贝。

（柯斯达下。）

（卖弄学问的贺罗方饰犹大，莫思饰赫鸠力士上。）

贺罗方　这个小顽童扮演伟大的赫鸠力士，当他还是孩子、儿童、小鬼的时候，就用手扼杀了三头狗。他年幼无知，对不起，却要演第九个大名人了。我先说明一下。——（对莫思）你下场吧，不要再来了。

（莫思下。）

（念台词。）我是犹大——

杜　曼　叛徒犹大。

贺罗方　不是以色列的叛徒，我是犹大·马克巴卡。

杜　曼　改姓不改名，不就分明是出卖耶稣的犹大吗？

贝　朗　口是心非的犹大，你怎能证明你不是叛徒呢？

贺罗方　我是犹大，同名不同姓。

杜　曼　那也一样是臭名远扬。

贺罗方　你这是什么意思？

波　越　要犹大自己去上吊。

贺罗方　那就请你先走一步吧。你不总是先声夺人的吗？

贝　朗　好一张利嘴，叛徒是在断头树上吊死的。

贺罗方　我不会吓得没头没脑的。

贝　朗　你还有脸见人吗？

　　　　……①

贺罗方　你们已经使我丢尽脸面了。

贝　朗　不对，我们已经给你留脸面了。

贺罗方　你们留下的面孔已经千疮百孔了。

贝　朗　即使你是一头狮子，我们也会这样做的。

波　越　既然他只是头驴子，那就放他一条生路吧。
　　　　再见，犹得，你怎么还不走？

杜　曼　他的名字还没有念全呢。

贝　朗　把"犹得"改成"犹大"，那就是画蛇添足了。

贺罗方　这太不客气，太不礼貌，太不成话了。

波　越　给犹大先生点火。天黑了，怕他摔跤。

公　主　可怜的马克巴卡，他上当了。

　　　　（贺罗方退后。）

　　　　（牛皮大王亚玛多饰赫克托上。）

贝　朗　亚克力士，不要露出你的面孔，全副武装的

---

① 译注：下面对话未译。

赫克托来了。

杜　曼　赫克托不过是亚克力士手下的败将。

波　越　这个人是赫克托吗?

国　王　我看赫克托不会这样胖。

朗格维　他的大腿也太粗了。

杜　曼　他的小腿又太细了。

波　越　他的身材最好能小一码。

贝　朗　这不可能是赫克托。

杜　曼　他不是天神就是画家，因为他的面孔千变万化。

亚玛多　舞刀弄枪、无所不能的战神给了赫克托一份厚礼——

杜　曼　一张自命不凡的贴金鬼脸。

贝　朗　一个酸而不甜的柠檬。

朗格维　一对难分难解的冤家。

杜　曼　不对，一个原形毕露的魔鬼。

亚玛多　舞刀弄枪、无所不能的战神给了赫克托一份厚礼，使他继承了特洛亚的江山，成了从早到晚能征惯战的帐中大将。我就是战争之花。

杜　曼　因小失大的薄荷花。

朗格维　好看而不香的鸽子花。

亚玛多　好个朗格维大人，用缰绳拉住你的舌头吧！

朗格维　缰绳不放手，怎能冲倒赫克托呢？

杜　曼　对，赫克托跑得比猎狗还快。

亚玛多　好战士已经死了一千年，不要敲打他的遗骨了。我们说到他，他就会起死回生。不过，我要演我的戏了。

（对公主）好公主，请你听我说好不好？

（柯斯达上前。）

公　主　你说吧，勇敢的赫克托，我们很乐意听。

波　越　（对杜曼旁白。）他这是爱她的腿。

杜　曼　（对波越旁白。）可不能量腿有多长，一直量到肚子下方。

亚玛多　赫克托远远胜过了汉尼拔，但是他已走了。

柯斯达　赫克托老兄，雅克琳也走了，她怀了两个月的身孕走了。

亚玛多　你这是什么意思？

柯斯达　说实话，你在这里演赫克托，却把可怜的女人抛在一边，她已经有孕了，孩子在肚子里叫，那是你的孩子啊。

亚玛多　你要在大人物面前破坏我的名声，我要你死！

柯斯达　那赫克托应该为怀孕的雅克琳挨一百鞭子，如果你要杀我庞贝，你自己就该绞死。

杜　曼　多么难得的庞贝大将！

波　越　名闻千秋万代的庞贝大将！

贝　朗　伟大加伟大，伟大更伟大，伟大无比的庞贝！

杜　曼　赫克托发抖了。

贝　朗　庞贝生气了。乱吧，乱吧，加油，再加油！

杜　曼　赫克托要挑战了。

贝　朗　虽然他血气不旺，一只跳蚤一吸就干。

亚玛多　北斗星在上，我要向你挑战。

柯斯达　我不像"北"方人用"斗"打。我要用真刀真枪，等我借副盔甲来再打。

杜　曼　让开，大人物生气了。

柯斯达　我也可以只穿衬衣就动手。

杜　曼　庞贝真是勇冠三军。

莫　思　（对亚玛多）主子，我来帮你解开纽扣。你看，庞贝已经脱帽要动手了。你这是什么意思？难道你要丢脸吗？

亚玛多　对不起各位军民，我不能脱衣穿衬衫打。

杜　曼　你不能拒绝决斗，庞贝已经向你挑战了。

亚玛多　好心好意的好人，我要拒绝，我不想打。

贝　朗　有什么理由？

亚玛多　我没有衬衣。悔罪时我只穿了羊毛衫。

波　越　的确，他去罗马悔罪不该对不起雅克琳的时候，罗马正缺麻布，他就偷了雅克琳的脏布来遮掩身体。他还洋洋得意地难舍难离呢。

（法国使者玛卡德上。）

玛卡德　老天保佑公主。

公　主　欢迎，玛卡德，你怎么来了？

玛卡德　对不起，公主，但是沉痛的消息压在我心上。您的父王——

公　主　离开人世了，是不是？

玛卡德　您不幸言中了。

贝　朗　你们这些大人物快走吧，一切都要烟消云散了。

亚玛多　那好，我要开始自由呼吸了。好不容易才算死里逃生，我要改头换面，重新做人。

（大人物都下。）

国　王　公主怎么了？

公　主　波越，快做准备。我们今夜就要回国。

国　王　公主何必这么匆忙？请你考虑考虑吧。

公　主　准备去吧，我说。谢谢诸位的好心诚意，抚慰惨遭新丧的心灵。可是我的心情沉重，不敢辜负诸位的深情厚谊。请你们宽宏大量，原谅我们做出违反你们情意的事。再见，诸位王公大人，沉重的心情不能用灵嘴活舌来表达我们对你们的诚挚谢意。

国　王　我们没有时间来拖延需要立刻做出的决定，却又往往随意处理需要长期思考的问题。虽然悲伤的愁眉苦脸不能转变成欢爱的笑容，但神圣的爱情一旦展开双翼，也不能在愁云惨雾中半途而废。与其为失去旧人而悲伤，不如为新得的知交而欢乐吧。

公　主　我不明白你的意思。我们的损失又增加了。

贝　朗　老实话最能抚慰倾听痛苦的心灵，国王通过外表的现象可以理解美人的内心。为了美人的缘故，我们已经忘记了时间，违背了誓言。你们的美貌已经使我们失态了,你们改造了我们的性格,甚至使我们和我们的意图背道而驰了。因为爱情常常有不循规蹈矩的冲动。从前我们认为可笑的事——像孩子一样顽皮淘气,蹦蹦跳跳,自高自大,眼睛看到多少奇形怪状,我们也就演出多少。爱情随心所欲穿上的五彩斑斓的破衣烂衫,在我们眼里都成了天仙化人,使我们发过的誓言立刻失效,化为乌有。那些天仙般的眼睛就是我们誓言的照妖镜。爱情造成的错误其实是你们造成的,我们一度不忠实于誓言,却永远忠实于你们。你们使我们忠而不忠,忠于目的而不忠于手段。不忠似乎是罪过,但是忠于美的目的,使不忠的手段也变成忠了。

公　主　我们得到了你们爱情洋溢的情书和信物,信物就是爱情的大使,在多情的美人心中只是求爱时的小玩意,是礼貌的做作,是时代的产物,我们不能当真,因此,我们也把你们的爱情当作玩笑,原璧奉还了。

杜　曼　公主，我们的情书表明的远远超过了玩笑。
朗格维　我们的言行也是一样。
罗瑟琳　但在我们看来，却又不同。
国　王　现在到了最后的时刻，请让我们献上对你们的爱情。
公　主　我想在这点时间里，要做这天长地久的大事，未免太短促了一点。因此，王上，你违背誓言的过错太重，如果要得到你还没有得到的爱情，你首先要做的是：立刻离开吃喝玩乐的世界，去一个僻静荒凉的地方，住上十二个月。如果这种艰苦的生活没有改变你热气沸腾时做出的决定，如果寒冷、饥饿、艰苦的住所、单薄的衣衫，没有改变你热情怒放的花朵，如果你的感情能经受这种考验，到一年终结的时候，再用这样的礼物来向我挑战吧。现在，让我纯洁的双手吻握你的双手，作为保证：我们可以结耦。但是在这之前，我也要离群索居，用泪下如雨的哀思来悼念我的父王。如果王上不能做到这点，那我们就只好分手，再也不要留在对方心上了。

国　王　如果我连这点都做不到,那还有什么自制的能力呢? 不如让死神来闭上我的眼睛吧。因此,我也要离群隐居,我的心要和你的心永远在一起。

贝　朗　你有什么要对我说? 我心爱的人儿? 你有什么要对我说?

罗瑟琳　你也要洗净你的罪过,你犯过错误,发誓不算数。因此,如果你想要得到我的感情,也要十二个月不断地照顾病床上的可怜人。

杜　曼　我的情人,你有什么话要对我说?

凯瑟琳　作为一个妻子吗? 我希望你有胡子,身体好,人老实。这三样宝贝我希望你一样也不缺。

杜　曼　要不要我说"谢谢你,我的好妻子"?

凯瑟琳　不用了。我的好丈夫。十二个月如一日,不管有多么漂亮的男人来求婚,都进不了我的门。等到国王来会公主,只要我还有丰富的感情,我就不会亏待你的。

杜　曼　我会真心诚意等到那一天。

凯瑟琳　不要再发誓了，免得你又违誓。

朗格维　玛丽娅怎么说？

玛丽娅　十二个月一过，我会为忠实的朋友脱下黑衣服。

朗格维　我会耐心等待，不管时间多长。

玛丽娅　那就更像你了，没有谁比你高，却又如此年轻。

　　　　……①

公　主　亲爱的王上，我要告辞了。

国　王　不，公主，我们要送你们上路。

贝　朗　我们的求婚不像旧剧：美人都彬彬有礼，使我们的好戏不能结束得欢欢喜喜。

国　王　得了，老兄，十二个月一过，就万事如意了。

贝　朗　那戏也太长了。

　　　　（牛皮大王亚玛多上。）

亚玛多　（对国王）好主公，请让我——

公　主　这不是赫克托吗？

杜　曼　特洛亚的名将。

------

① 译注：下面对话重复，故删。

亚玛多 （对公主）我要吻一吻您的手指告别了。非常荣幸能见到您，但是我和雅克琳有约：为了我们的爱情，我要为她耕地三年。——
（对国王）我尊敬的主公，您愿不愿听听两位饱学之士对猫头鹰和杜鹃的赞歌？赞歌本来是要在我们演出后表演的，现在只好后来补上了。

国　王　快要他们来吧，我们正要听呢。

亚玛多　那就大家快来吧！

（贺罗方、纳山涅、莫思、柯斯达、雅克琳等分冬、春两组上。）

一边冬天一边春，猫头鹰听杜鹃声。
开始唱吧。

春天组　紫罗兰开雏菊香，
　　　　杜鹃花发一片黄。
　　　　美人杉笑对大地，
　　　　光照草场多欢喜。
　　　　杜鹃飞上树梢头，
　　　　把受骗的丈夫叫，
　　　　好笑好笑真好笑！

吓得头上长角的
丈夫心惊肉又跳。

* * *

牧童吹响了麦笛,
云雀唤农民耕地,
斑鸠乌鸦寻伴侣,
女郎穿上夏日衣。
杜鹃飞上树梢头,
把受骗的丈夫叫。
好笑好笑真好笑!
吓得头上长角的
丈夫心惊肉又跳。

* * *

冬天组　条条冰凌挂墙边,
顽童呵手怨寒天。
搬来木头当柴烧。
挤出牛奶结冰了。
手冻脚滑路泥泞,
唱歌只有猫头鹰。
叽叽喳喳真难听,

瓶瓶罐罐不干净。

* * *

只闻北风唱歌声,

不闻神甫传福音。

鸟雀孵蛋风雪中,

玛丽冻得鼻子红,

好像螃蟹在蒸笼。

唱歌只有猫头鹰。

叽叽喳喳真难听,

瓶瓶罐罐不干净。

* * *

亚玛多　听了乐神唱,仙人不敢嚷。

你走东来我走西,各人有下场。

(各下。)

译 后 记

英国评论家Hazlitt说：如果莎士比亚喜剧中要选一本不讨人喜欢的，那就是这一本 *Love's Labour's Lost* 了。朱生豪把这个剧名译为《爱的徒劳》，剧本是写四个多情的才子向四个"道是无情却有情"的佳人求婚的故事，佳人要才子一年后再谈婚事，这恐怕不能算是"爱的徒劳"吧。所以许明说：本书译名改为"有情无情"，可能更好表达莎士比亚的原意。这个喜剧为什么不讨人喜欢呢？据英国皇家莎士比亚剧团《全集》的"导言"中说："该剧乃爱情战胜智慧的证明。""它是一场言辞诡辩的盛宴，它充满诗意——又嘲弄诗歌。它那荒唐的学究腔调要么滑稽可笑，要么玄奥难懂。其中的一些插科打诨和语带双关，如今已是晦涩难懂。"这些难懂的言辞能不能翻译呢？我们先看看北京外研社译本第四幕第三场几个才子的独白或旁白的原文和译文：

Dumaine   O most divine Kate !

（杜曼   啊，最圣洁的凯特！）

Benowne   O most profane coxcomb !

（俾隆   啊，最渎神的傻瓜！）

Dumaine   By heaven, the wonder of a mortal eye !

（杜曼   以天为誓，确是凡人眼中的神迹！）

Benowne   By earth, she is not, corporol, there you lie.

（俾隆   以地为誓，她才不是，只是肉体凡躯，你尽瞎说。）

Dumaine   Her amber hairs for foul hath amber quoted.

（杜曼   她琥珀色的头发让琥珀黯然失色。）

Benowne   Her amber-coloured raven was well noted.

（俾隆   琥珀色的乌鸦倒也是稀罕难得。）

Dumaine   As upright as the cedar.

（杜曼   像松木一样正直。）

Benowne   Stoop, I say.

Her shoulder is with child.

（俾隆   歪斜的，要我说。

　　　　　　　她肩膀圆润似是珠胎暗怀。)

Dumaine　　As fair as day.

(杜曼　　像白昼一样美。)

Benowne　　Ay, as some days,

　　　　　　but then no sun must shine.

(俾隆　　是和有些白昼一样,

　　　　　但肯定是没出太阳的白昼。)

原文第四行最后一个词是双关语。既可以是"说谎",又可以是"躺下",这里译成"瞎说"就只译了"谎"而没有译"躺",而原文是说:你躺在她身边,她就是肉体了。原文第七、八行也可能隐射男欢女爱,这里只第八行译了"珠胎暗怀"。能不能把隐射的双方都译出来?本书做了一些尝试,甚至在原文不一定有隐射的地方,也移花接木地译了出来。试看这十行的下列译文:

　　杜　曼　啊,天仙般的凯蒂!
　　贝　朗　(旁白)啊,冒犯神明的野鸡!
　　杜　曼　天呀,真是凡人眼中的奇迹!

贝　朗　（旁白）她躺下来不过是个凡夫肉体！

杜　曼　地呀，她琥珀色的头发会使琥珀也羞颜减色。

贝　朗　（旁白）你的有色眼睛把乌鸦也看成琥珀色的了。

杜　曼　她亭亭玉立，犹如杉树。

贝　朗　（旁白）她弯腰驼背，犹如山鼠。

杜　曼　她眼明心亮，如同白日。

贝　朗　（旁白）唉，白日已经依山尽了。

新译"野鸡"比旧译"傻瓜"好，更有意美；"野鸡"和"凯蒂"押韵，更有音美；每两行字数基本相等，更有形美。第三、四行译出了双关，第六行的"有色眼睛"更形象化。第七、八行"杉树"和"山鼠"近乎同音，"亭亭玉立"明指女方。隐射男方，可算一举两得。"白日依山尽"是唐诗名句，可能有人反对，但是贝多芬说过：为了更美，没有什么清规戒律不可打破。这里就借题发挥了。为了解决翻译的难题，也就不免借刀上阵了。

翻译本剧中的难题，除了双关之外，还有一

些传统人物的故事,如荷马史诗中的赫克托和赫鸠力士。我们先看外研社译本第五幕第一场是如何翻译的:

> 霍罗福尼斯 您就演约书亚,我演犹大·马加比,这位英勇的贵绅演赫克托耳,这乡下人膀大腰圆,可以演庞培大帅。侍童就演赫剌克勒斯——从上场到下场只需要掐死一条蛇,我还会加一段正式的声明。

这段译文如果加上一点说明,是不是好一点?

> 贺罗方 你就可以演以色列的先知约书亚,我自己演出卖耶稣的犹大·马克巴卡。这位一表人才(指亚玛多),演特洛亚英雄赫克托再好不过;这个大手大脚的老乡(指柯斯达)正好演庞贝大将;这个少年(指莫思)让他演赫鸠力士如何?……他可以演幼年杀蛇的赫鸠力士,上场下场都在和缠身的毒蛇做斗争,那就可以蒙混过关了。

外研社的译文基本是按照对等译法，或者是按外研社莎剧编者"最佳近似度"的理论翻译的。而本书却是以中国的创译论为理论基础。西方语文如英、法、德、意、西等都是拼音文字，语汇约有90%可以对等，所以翻译时可以用对等法。但中文是象形文字，语汇只有不到50%可和西文对等，不对等的部分不是原文优于译文，就是译文优于原文，所以要尽可能采用创译法或优化法，才能使西方文学进入中国，使中国文学走向世界，使世界文学更加光辉灿烂。

2017年7月1日